映画ノベライズ
GINTAMA
銀魂
JN252559

映画ノベライズ
GINTAMA
銀魂

映画ノベライズ
GINTAMA
銀魂

原作 空知英秋
脚本 福田雄一
小説 田中 創

小説

JUMP j BOOKS

GINTAMA
目次
contents

人物紹介

坂田銀時

頼まれたことは何でもやる
万事屋のリーダー。
普段は無気力、脱力の人だが、
実は元攘夷志士で「白夜叉」と
恐れられたほどの剣の達人。

志村新八

廃刀令により廃れてしまった
剣術道場経営者の息子。
バイト先のカフェで客に
絡まれていたところを
銀時に救ってもらったことから、
万事屋で働き始める。

神楽

宇宙最強を誇る「夜兎族」の少女。
故郷に帰る金を貯めるため、
万事屋の押しかけバイトとなる。
大食らいで狂暴、毒舌。

桂小太郎

「狂乱の貴公子」との異名をもつ
幕府指名手配中の攘夷志士の生き残り。
銀時と高杉晋助と共に吉田松陽の元で
学んでいた幼馴染であり、攘夷戦争時代の盟友。

志村妙

新八の実姉。清楚で優しそうな
そのルックスとは裏腹に、
やたら戦闘能力が高い。

近藤勲

真選組局長。
新八の姉・妙に惚れており、
ストーカー気質なところも。

土方十四郎

真選組副長。"鬼の副長"と
称されることもある。
クールなマヨラー。

沖田総悟

真選組所属。腹黒くドS。
バズーカを用いる。

平賀源外

銀時が頼りにするからくり堂の店主で、江戸一番の発明家。

村田鉄矢

江戸一の刀匠である父・村田仁鉄の後を継ぎ、鍛冶屋を営む。”最強の剣“を作ることにこだわっている。

村田鉄子

鉄矢の妹。鉄矢とは異なり、”人を護る剣“を作ることを目指している。

岡田似蔵

目が不自由にもかかわらず、居合い切りの達人。人斬り似蔵と呼ばれ恐れられている。

武市変平太

鬼兵隊の頭脳。冷静沈着。”変人謀略家“と呼ばれる理由は”とある癖“にあるようで…。

来島また子

二丁拳銃の使い手で”紅い弾丸“の異名をもつ攻撃的な美少女。

高杉晋助

鬼兵隊を率いる絶対的頭領で、達人級の剣術の使い手。”攘夷志士の中で最も危険な男“と呼ばれている。銀時や桂とは、共に吉田松陽の元で学んでいた幼馴染。

映画「銀魂」

脚本／監督：福田雄一
原作：「銀魂」空知英秋（集英社「週刊少年ジャンプ」連載）
製作：映画「銀魂」製作委員会
制作プロダクション：プラスディー
配給：ワーナー・ブラザース映画

プロローグ
お蘭
万事屋銀ちゃん
スナック お登勢
お登勢
お登勢

1　江戸の町・遠景

高々とそびえたつビル群の上空を、宇宙船が飛び交っている。
街道を闊歩しているのは、地球人とは違った見た目の異人たち……。

新八（N）

「侍の国……。僕らの国がそう呼ばれたのは今は昔の話。二十年前、この平和な江戸の町に突如宇宙から宇宙人が舞い降りた。僕らは彼らを天人と呼んだ。

天人は江戸の町を次々と開発……幕府も彼らに屈し、傀儡となるなか、かつて天人を排除しようと攘夷戦争が勃発。そこには勇猛な攘夷志士たちが登場したが、多くの犠牲者を出したのちに敗れた。

そして天人たちはさらなる蜂起を恐れ、廃刀令を発し、侍は衰退の一途を辿った……」

※などの設定をCGとアニメーションを交えて説明

2　ファミレス「でにぃす」

レジ打ちをしている志村新八。レジを上手く操作できず、脇にいるハゲ頭の店長から怒鳴られている。

店長　「だから違うんだよ！　お前な、レジ打ちなんてチンパンジーだってアメンボだってできんだよ！」

新八　「すいません。剣術しか学んでこなかったもので……」

店長　「馬鹿野郎！」

店長、新八を殴る。

派手な効果音と共に「ああああ!?」っと吹っ飛ばされる新八。

店長　「今の江戸じゃな！　剣なんて、な――んにも役に立たねえんだ
　　　よ！　ましてや侍なんてクソだ！　クソ！」
新八（N）「侍は剣も地位ももぎ取られ、誇りも何も捨て去った」
客席にいた猫面の天人（茶斗蘭星人1）が、タバコをくゆらせながら口を開く。
茶斗蘭星人1「おい、おやじ。レジ打ちもいいが、ミルクくれや」
店長　「はい！　喜んで〰〰。（新八を見る）おら！　さっさと茶斗蘭
　　　星人様にミルクをお持ちしろい！」
新八　「……は、はい」
店長、カウンターにミルクをふたつ差し出す。それらをお盆の上に載せ、客席へと
走る新八。
茶斗蘭星人2、わざと足を出して新八を転ばせる。
茶斗蘭星人2「おいおい。この子、レジだけじゃなくて、モノも運べないみて

えだぜ」

店長　「ほんとに申し訳ございません！」

茶斗蘭星人1　「大事な服にミルクかかっちゃったよ。ミルクかかると雑巾も服も臭くなるの知ってるよね？」

新八　「すいません……。すいません」

新八、布巾で茶斗蘭星人1の服の汚れを拭く。

茶斗蘭星人1　「きたねえ布で拭くんじゃねえよ！」

茶斗蘭星人1に突き飛ばされる新八。その拍子で後ろの席に激突し、食器が割れる音が響く。

店長　「謝れ！　とにかく謝れっっ！」

新八（N）　「いや、侍だけじゃない。この国に住んでいる人間はきっとみんな――」

そのとき、後方から男の「おい」という声。

茶斗蘭星人1　「あん？」

茶斗蘭星人1の振り向きざまに、男が背後から飛び蹴りをかましてくる。茶斗蘭星人1、吹っ飛ばされる。

新八　「!?」

茶斗蘭星人2　「なんだ、貴様ァ！」

背後に立つ銀髪天然パーマの男。その男の腰には、「洞爺湖（とうやこ）」という文字の入った木刀が差してあって――。

茶斗蘭星人2　「貴様！　何をしている！　廃刀令違反だぞ！」

男　「木刀ですよ。木刀。にゃあにゃあにゃあにゃあ、やかましいんだよ。発情期ですか？」

男が床に視線を落とす。パフェの器が割れ、中身が散乱している。

男　　　　　「見ろ、これ。てめえらがにゃんにゃん騒ぐから、俺のチョコレートパフェが――」

男が木刀を振りかぶり、茶斗蘭星人2の頭を思いきり殴りつける。

男　　　　　「こぼれちまったじゃねーかァァァァァァ！」

男の一撃で、茶斗蘭星人2は気絶してしまう。

新八　　　　「!?!?」

店長　　　　「あわわわわわ」

倒れていた茶斗蘭星人1、起き上がり、銀髪の男を憎々しげに睨(にら)みつける。

茶斗蘭星人1　「きっ、貴様ァ！　我々を誰だと思って……」

男　　　　　「俺ァなァ！　医者に血糖値高いって言われて、パフェは週に一回しか食えねーんだよォォ！」

男の木刀が、茶斗蘭星人1の脳天を直撃。

新八（N）　「その男は侍というにはあまりにも荒々しく、しかしチンピラというにはあまりに……真っすぐな目をした男だった」

男　「店長！」

店長　「はいっ！」

男　「パフェなんだけど、味はいい！　ただ！　コーンフレークの割合高過ぎ！　シャクシャクし過ぎ！　後半、ずーっとシャクシャクシャクシャクシャクシャクシャクしてた！　もっとクリームとアイスの割合、増やしてっ！」

店長、怯えながら再び「はいっ！」と返事。

男　「メガネくんっ！」

新八をじっと見つめる男。

男　「頑張って！」

それだけ言って、男は店外へ出ていく。

外に停めてあったスクーターに颯爽と跨り、銀髪の男は江戸の町を往く。

新八（N）「この男、坂田銀時……。かつて白夜叉と呼ばれ、攘夷戦争で天人に恐れられた男……」

○オープニングタイトルバック

「銀魂」


銀時がスクーターで、江戸の町を疾走する。とにかく銀時のクールでイケメンな雰囲気を猛烈アピール。

極端に銀時だけをクローズアップしつつ、「坂田銀時：小栗旬」のテロップを延々と表示する。（世界百五十か国の標準語で）。

他の有象無象の脇役キャラは邪魔だからいっそもう出さないようにして――

「……オイイイイイイイイイ!?」

劇場版映像が流れる画面を背に、新八は憤りの声を上げた。

「何なんですかこのオープニングVTR！　なんであんたしか出てこないんだよ！」

「だって、主役だから？　カッコよかったでしょう？」

隣の銀時が、さも当然というような表情で応えた。

「いやいや、クオリティ低過ぎますよ！」

「出来の悪いカラオケビデオだったアル」

万事屋の紅一点、チャイナ娘の神楽も呆れた様子であった。

しかし銀時はなおも悪びれず、

「だって俺が家のパソコンで作ったんだもん」

「あんたの家のパソコンで作った映像を、デカいスクリーンで流すな！　そして自分の名前だけ何回出せば気が済むんですか!?」

新八のツッコミに、銀時が再び「だって、主役だから」と繰り返す。

「最後の方のやつ読めなかったアル」

「最後のやつがアラビア文字でその前がハングル」

なぜか得意げな銀時に、新八は「そんな説明しなくていいから」と返した。

「歌も自分で歌ってたろ！　絶妙に下手な感じで！」

「誰が下手だコノヤロー」

「そしてそれをあえて脚本風に描写したのも謎アル」

首を傾げる神楽に、銀時は「そりゃお前」と鼻を鳴らす。

「せっかくの劇場版だし？　小説読んでる皆さんにも映画の雰囲気を味わってもらうべく、脚本っぽいスタイルで攻めてみたんだよ。こういうのは斬新さが大事だからな」

「斬新過ぎて逆に読みにくいわ！」

新八が手を振り回し、怒りを露わにする。

ちなみに今日の万事屋メンバーは、なぜか皆デフォルメ調のＣＧモデルだった。周囲の背景には、適当なテクスチャで再現された万事屋の建物やら、巨大犬・定春やらのモデルが配置されている。

デフォルメＣＧキャラが三人並んで、背後の映像についてぺちゃくちゃと緩い会話をする——とてもオリジナリティ溢れる構図であった。カウ●トダウンＴＶ？　なにそれ？

神楽モデルが眉をひそめながら、

「そもそも最初のファミレスのエピソードも必要なかったアル」

「神楽ちゃん、原作を知らないお客さんもいるんだぞ」

そう言う新八モデルの隣で、銀時モデルも「そうだぞ、神楽」と深く頷（うなず）いていた。

「原作のファンは超辛口（からくち）のレビューとか書いたりするけど、そうじゃないお客さんはとっても甘やかしてくれるからな」

「その通りです！」新八がにっこり同意する。

きっとこの小説版だって、表紙の小栗旬に惹（ひ）かれて買った読者さんも多いはずだ。そういう方々にも配慮して、わかりやすさを重視したオープニングにするべきだろう。

「それでは、自己紹介しまーす！」新八が続ける。「先ほどの出会いの後、銀さんが営む万事屋のアシスタントをやることになる志村新八でーす！　実家は剣術道場ですが、廃刀令で生徒がいなくなって困ってまーす！」

「グラブってまーす」

どうでもいい茶々を入れる銀時を、新八が「言わなくていいから」と睨みつける。

「銀魂のヒロイン、神楽ちゃんでーす」神楽が続いた。

すると銀時は何を思ったのか、突然「かーぐらっ」と甘い声で呼びかける。

「『まーきのっ』みたいな言い方すんなヨ」

懐かしの「中の人ネタ」にも詳しい神楽だった。モノマネが流行(はや)ったせいだろうか。

新八が「ええと」と補足をする。

「神楽ちゃんはですね、実は夜兎(やと)族っていう天人で、戦闘能力に優れた宇宙人なんです」

「でも可愛(かわい)いアル」

「もろもろの事情で万事屋で働いてまーす」

「でも可愛いアル」なぜか今日に限って可愛さをごり押しする神楽であった。「千年に一度の可愛い神楽ちゃん。そんな神楽ちゃんの奇跡の一枚がこれ」

そう言って神楽が画面で表示した写真は、まさにイベント中の橋本環奈(はしもとかんな)ちゃんばりに躍動感溢れるポーズでキメた写真であった。

「ああ、見たことあるぅぅぅ!」

というか本人のセルフパロなのだから、既視感があって当然なのだが。

「かーぐらっ」

そしてなぜか再び持ちネタを繰り返す小栗……銀時。

「だから『まーきのっ』みたいに言わないでくださいよ」

ため息をつく新八をよそに、銀時が続ける。

「それじゃ、最初で最後の実写版『銀魂』！　途中で出ちゃった人は出口で名前聞いて、『ジョ●●の●●な冒険』も入場させてあげないからね！」

「……そういうこと言わない。つーか小説版だとそのボケ意味わかんないから」

新八は咳払い（せきばらい）をし、「それでは」と銀時と神楽を見渡した。

万事屋三人のＣＧモデルは、声を合わせてこう叫ぶ。

「カウント～ダウンっっ！」

神楽の「これ絶対ＴＢＳに怒られるやつアル」という呟き（つぶやき）と共に、実写映画『銀魂』は幕を開けるのであった――。

第一章

江戸(えど)の繁華街、かぶき町。活気溢(あふ)れるこの町では、店の客引きやら町民同士のいざこざやらで、昼夜問わず騒がしさが途切れることはない。

スナックの二階に居を構える『万事屋銀(よろずやぎん)ちゃん』にも、三軒先まで届くような大声が響き渡っていた。

「カブト狩りじゃああ!!」

万事屋の居間でそんなことを叫んでいるのは、チャイナ服の少女、神楽(かぐら)だった。

今日の彼女は、大きな虫カゴを腰に装着し、麦わら帽子を被(かぶ)った虫捕(むしと)りスタイルである。網を片手に、銀時(ぎんとき)と新八(しんぱち)に熱のこもった視線を送っているのだ。

「カブト狩りじゃあああああ!」

しかし、銀時も新八も神楽の叫びを一顧(いっこ)だにしない。「またなんか面倒くせーこと言い始めたぞ」とばかりに、テレビを見ながら聞き流していた。

「カブトムシ欲しいアルーっ! 昼間、勝負に負けて私のマッカートニー28号が取られたアルー！」

神楽がそうやって熱く主張しても、ふたりとも我関せずといった様子。銀時などソファーにふんぞり返りながら、神楽の方に視線を送ろうともしない。

にもかかわらず、神楽はマイペースに話を続けてしまう。

「ということで、カブト狩りに行こうと思います。どうですか？」

「どうですかって……ひとりで行ってくださいよ」

新八は何の気もなく答えた。カブトムシ取りなんて子供の遊び、わざわざ付き合ってなんかいられない――そう思っていたのだが、

「バカメガネェェェェェ！」神楽の容赦ない鉄拳が、新八の右頬（みぎほお）を打った。

吹き飛ばされた新八は、「メガネ取れたァァァァァァッ!?」と叫ぶ。

そんなやりとりを横目に、銀時は「はいはい、うるさいよ」と呆（あき）れ顔（がお）。

「今度はでっかいカブトムシ捕まえて、憎いあんちくしょうをやっつけるアル！」

神楽の話を聞けばどうやら、子供同士のカブトムシ相撲（ずもう）で敗北を喫してしまったらしい。

そのリベンジのために、強いカブトムシを探したいというのだ。

神楽が最近カブトムシ勝負に熱中していることは、もちろん新八も知っていたのだが。

「ちなみに神楽ちゃんが飼ってたマッカートニー28号だけど、カブトムシじゃなくてフンコロガシだからね」

「だまらっしゃァァァい！」

再び神楽の拳でメガネを吹き飛ばされ、新八は「また取れたァァァァァァッ！」と悲鳴を上げる。

なにやら神楽のカブトムシにかける思いは無駄に熱い模様。ちょうどテレビでも、『カブトムシブーム再燃』というニュースが流れている。

銀時はため息交じりに、

「あのね神楽さん。僕たち大人なのよ？　カブトムシを純な心で追いかける姿勢がないのよ、もう」

「取り戻せヨ、その心を」神楽が銀時に、ゆっくりと諭すように言う。「いつまでも少年の心を忘れない男がモテるんやで」

「モテなくて結構でーす」

興味などまるでなし、という表情で、銀時がテレビに目を向ける。

画面の中には、満面の笑みを浮かべた男が映っていた。カブトムシを片手に、キャスターのインタビューを受けている。

『このカブトムシ、偶然昨日森で見つけたんですけど、なんとこれ、車一台買えちゃうくらいの値段なんですよ』

車一台買える、という言葉に、銀時の眉がぴくりと反応する。

その脇では神楽が、「ねえねえねえねえ！　手伝ってアル——っ！」と執拗にくりかえしていた。

『いやホント、少し離れた森でこんなものが見つかるなんて、超ラッキーっす！　まさに森のダイヤモンド！』

画面に映るカブトムシを、凝視する銀時。

一方神楽は、今度はテーブルの上に仰向けになって「カブトカブトカブト」と駄々っ子のように手足をバタつかせていた。

「神楽ちゃん、もういい加減諦めてください」

新八は呆れ半分でそう言ったのだが、

「カブト狩りじゃああああああ!!」突然、銀時が吼えた。血走った目で。

金欲にまみれた男のシャウトに、新八と神楽は、揃って「えええええええ!?」と顔を引き

攣らせるのだった。

そして数時間後、万事屋一行は江戸近郊の森を訪れていた。先ほどの神楽同様、全員網とカゴをフル装備した虫捕りスタイルである。

特に銀時が、ウザいほどにやる気満々なのだ。普段は覇気がないくせに、今日に限っては真剣そのもの。心なしか、目と眉の間が近づいているようにも見える。

「おい、おめーら！　狩って狩って狩りまくって、売って売って売りまくるぞ！」

あまりの勢いに、言いだしっぺの神楽ですら若干引き気味である。

「あの……私はマッカートニー28号の代わりが欲しいだけ――」

「おめーら！　巨大カブトを見つけるまでは帰れると思うなよ！　こっちはビジネスで来てるんだ！　ビジネスで！」

少年の純な心ではなく、欲深い大人の心オンリーでカブトムシを捕まえようとするこの男――そんな雇い主の姿に、新八は肩を落とした。

「神楽ちゃん。金に目が眩んだ銀さんは傍若無人だ。とにかくカブトムシを捕まえられればいいんだろ？」

神楽はしぶしぶ「わかったアル」と頷く。

「しかし森は魔物だ……」銀時が訳知り顔で、何やら語りだした。「何があるかわからないからな。気をつけろ」

新八は「はいはい」と返し、カブトムシ捜索を開始する。

森の中をえっちらおっちら歩きながら、木の幹や洞を丹念に調べていく。かなり骨の折れる作業だった。

しかしそうやって小一時間ほど探してみたのだが、カブトムシが見つかる気配は一向にない。カブトムシブームというだけあって、この辺ではすでに捕りつくされてしまっているのだろうか。

手持ち無沙汰に網を振り回しながら、神楽が呟く。

「案外見つからないもんアルな。なんか簡単に捕まえる方法ないアルか？」

「身体中に蜂蜜塗りたくって、突っ立っててりゃすぐにでも寄ってくるさ」

いい加減な銀時の提案に、神楽は「馬鹿か」と返す。「そんな奴は単なるド変態ネ」

そのときだった。

「はっ!?」

新八は木々の間に、まさにそんな〝ド変態〟の姿を見出してしまったのである。

フンドシ一丁の男が、両腕を大きく広げて片足一本で立っている。全身に蜂蜜を塗りたくり、ポタポタと滴を垂らしているのだ。いろんな意味で怖い光景である。

「何あれ」銀時も眉をひそめている。

「見間違えでなければ、真選組局長、近藤勲さんです」

江戸の治安を守る特殊警察、真選組。あそこで蜂蜜まみれになっているのは、その真選組において局長の座についているはずの男だった。

もっとも新八からすれば、姉のお妙にまとわりつく厄介なストーカーゴリラに過ぎない。どのみち変態であることに相違はないのだ。

銀時が、蜂蜜まみれの近藤に声をかける。

「……何してんの、ゴリラさん」

「見ての通り、私は樹木だ。話しかけても無駄だ」

「見ての通り樹木じゃないから話しかけてるんですよ」

神楽もまた「蜂蜜塗り過ぎて、てっかてかアル」と眉をひそめた。

「江戸の警察、真選組の局長がこんなことしてていいんですか……?」

銀時が胡散臭(うさんくさ)げな表情を浮かべている。

「木は喋(しゃべ)らないアル」

「近藤さん、綺麗です」新八には、そうフォローするのが限界だった。

「なんか気味悪いから見なかったことにしよう」

「綺麗です、近藤さん」

口々にそう言い合いながら、一行は蜂蜜男から距離を取る。

新八がため息をついた。

「いきなりおかしなもの見てしまいましたね……」

「妖精だと思うことにしよう。あれは樹木の妖精だ」

銀時の言葉に、神楽が「ゴリラだったアル」と口を挟む。

「じゃ、ゴリラの妖精だ。ああやってゴリラを守ってるんだ」

「ゴリラを守るって意味が――」

新八がツッコミを入れようとした、そのとき。

「はっ!?」

再び、おかしなものが目に入ってしまった。

煙草（タバコ）をくわえ前髪をV字カットにした男が、バケツとハケを手にして木の幹に何かを塗りつけている。男の足元に散乱しているのは、マヨネーズの空き容器だった。

銀時も訝（いぶか）しみながら、

「新八くん、あちらは？」

「真選組鬼の副長、土方十四郎（ひじかたとうしろう）さんとお見受けします」

堅物（かたぶつ）で厳格な真選組副長なのだが、生粋（きっすい）のマヨラーでもある。ああしてときどき真面目（まじめ）な顔で奇行に走るあたり、まったく行動が読めない男であった。

「カブトってマヨネーズ好きアルか?」

「なんで自分の好きなものカブトムシにまで押しつけちゃうかなー」

「最終的にアレ自分でナメ始めますよ」

黙々と木にマヨネーズを塗りたくる男を横目に、万事屋一行はするりとその脇を通り抜ける。「マジきもいアル」「見なかったことにしよう」と頷き合いながら。

「なんか、目がシパシパするアル」

男の煙草の煙が目に入ったのか、神楽が顔をしかめていた。

「しかし何なんですかねえ、この森は」

局長もアレなら副長もアレである。これだから真選組は……、と新八はため息をつく。

「ニコチン中毒アル」

「ニコチンの妖怪だ。妖怪ニコチンコだ」またしてもいい加減なことを言う銀時であった。

そうしてしばらく歩いていると、前方の木の幹に異様な物体を発見する。

カブトムシだ。それも超デカい。

二メートル近くはありそうな黒々としたボディに、反り返った立派な角。とてつもない大きさのカブトムシが幹にしがみついていたのである。

銀時は目を見開き、「いたァァァァ!」と小声で叫んだ。

銀時は新八に目配せし、ふたりでその木に走り寄った。オラオラと木を揺らして、カブトムシを落としにかかったのである。

「神楽! いけェ!」

銀時の指示に、怪力娘・神楽は「任せろアル!」と力強く頷いた。

「チェストォォォォォォォォォォッ!」

神楽の渾身の飛び蹴りが、幹を大きく揺らす。さすがの巨大カブトもその衝撃には耐えられなかったのか、あえなく地面に落下。ずずん、と大きな音を立てた。

ついにこれで一攫千金だ。三人はガッツポーズを取る。

「無敵アル！　カブトバトルで無敵アル！」

「オイオイ！　こんなデカいのだったら家建つぞ、家！」

銀時は一目散に巨大カブトに駆け寄り、その巨大な身体を抱きかかえる。しかし胴体を裏返すや否や、そのまま硬直してしまう。

カブトムシの裏側からにょっきり覗いた人間の顔と、目を合わせてしまったからだ。

「勘弁してくだせェ、旦那」

そう。巨大カブトはただの着ぐるみだった。

そして中の人はこれまた顔見知り——真選組一番隊隊長、沖田総悟である。

「沖田さん!?」新八は目を疑った。

真選組随一の剣の使い手にして、真選組随一のドS。それがなぜかカブトムシの着ぐるみを着て、木にしがみついていたのだった。

「何してんの」銀時が尋ねる。

沖田は飄々（ひょうひょう）とした態度で、「見りゃわかるでしょ」と銀時を見上げる。カブトムシ姿の自分を、一切変だと思っていないのだろうか。その表情は至（いた）って真顔（まがお）である。

「いや。お前がバカだってことしかわかんねえよ」

巨大カブトこと沖田は、裏返しになったまま手足をバタつかせている。

「ちょっ、起こしてくだせェ。ひとりじゃ起きられないんでさァ」

「ダッサ……」神楽が舌打ちした。

「仲間のフリして奴らに接触する作戦が台無しだよ」

まさかこの男、こんな仮装がカブトムシに通用すると思っていたのだろうか。正真正銘、掛け値なしのバカである。

どーするよコレ、と万事屋一行が顔を見合わせていると、背後から複数の足音が聞こえてきた。振り返ってみると、そこには全身蜂蜜まみれの近藤や、マヨネーズバケツを手にした土方が、十数人の部下を引き連れやってくるのが見えた。

近藤が身体から蜂蜜を滴（したた）らせながら、

「おい！　貴様ら！　こんな森の中で何をしている！」

「こっちの台詞（せりふ）だよ」銀時がまたもや胡散臭げな表情を浮かべる。

「怪しいことをしてたら、ただちにしょっぴくぞ！」

「お前らの方が五億倍怪しいよね」

蜂蜜やらマヨネーズやら着ぐるみやら、まともな警察がやることだとは思えなかった。

新八も首を傾げながら、「何してるんですか、皆さん」と尋ねる。

「貴様らに説明する必要はねえ」

土方はクールな口調でそう言い捨てたのだが、

「カブトムシ捕りだ」脇の近藤が、実に端的に説明してしまっていた。

「今ちょっと言っちゃったけど、これ以上は絶対に教えねえぞ」

なんとか警察の体裁を保とうと、土方がメンチを切る。

しかし近藤は続けて、

「将軍のペットのカブトムシ、瑠璃丸が逃げた」

「全部言いましたね」

近藤の愚鈍なまでの実直さには、新八ですら呆れてしまうほどだった。

「これ以上は言わねえぞ」と土方は顔を引き攣らせていたのだが、

「瑠璃丸は金色に輝くカブトムシでな……」

「近藤さん！　これ以上は！」土方もついに声を荒らげる。

そんなやり取りをする真選組の面々を睨みつけ、銀時は「へへえ！」と鼻を鳴らした。

「いいご身分だな。税金泥棒の警察が、真っ昼間からカブトムシ探しとは――」

と、そのときだった。銀時の鼻先を、ブゥンと金色の何かが横切っていく。輝くばかりに立派な角を生やしたカブトムシが、平然と宙を飛んでいるのだ。

一同は呆気に取られながら、その金色のカブトムシが飛び去る様を見送っていた。

「……通り過ぎましたよね、今」

沖田の呟きに、近藤が「ああ」と頷く。

銀時の口元が、にやりと歪む。

「将軍のペットを捕まえたとなりゃあ……ギャラいくらだよ、オイィィィ！」

「貴様ら！　邪なことを……」

近藤が顔をしかめようが、そんなことは銀時にとってはお構いなしである。もはやその眼には、金色のカブトムシしか映っていないのだ。

「追えエエエエエエエエエ！」

猛然と駆けだした銀時に、近藤が「させるかあああああっ！」と追いすがる。

この状況、リーダーだけには任せておけない――。双方の陣営とも考えることは同じようだ。新八も神楽も、それから土方ら真選組一同も、カブトムシを追って駆けだした。

かくして万事屋と真選組の間に、黄金(おうごん)カブトムシ・瑠璃丸を巡る争奪戦の火ぶたが切って落とされたのである。

志村(しむら)妙が、かぶき町の雑踏の中を歩いている。

彼女もまた、この町で働く人間のひとりだった。弟、新八と共に亡き父の剣術道場を守るため、キャバクラ勤めで金を稼ぐ――そんなタフな女なのである。

まだ日は高いが、夜の開店までにはそれなりに準備が必要なのだ。お妙は職場に向かうべく、足早に歩を進めていたのだが、

「なっ、なになになになに……!?」

前方から、謎(なぞ)の集団が走ってくるのが見えた。泥やら葉っぱやら蜂蜜やらマヨネーズやら、いろんなものにまみれた一団が、ものすごい勢いでこちらに近づいてくるのだ。

普段は物事に動じないお妙でも、思わず足を止めてしまう光景だった。

「将軍のペットを一般人に捕らえられたとあっては、真選組の名折れだァァァァ！」

よくよく見れば、その集団の先頭を走っているのは、見覚えのある人物だった。

いや、人物というかゴリラだ。見覚えのあるゴリラだ。全身テカテカに輝くフンドシ一丁のゴリラが、全力疾走で向かってきたのである。

「絶対に捕まえ——お妙さぁぁぁぁん！」

お妙と目が合った瞬間、ゴリラは急に走る速度を上げた。

身の危険を感じて脇道へと逃げるお妙だったが、ゴリラはまさに発情期のゴリラのごとく、本来のルートを外（はず）れてお妙に接近してくるではないか。

お妙は顔を引き攣らせながら、

「な、何してるんですか!?」

「は、蜂蜜で！」鼻息荒くゴリラが答える。「蜂蜜で光り輝くケツ毛を！　私のケツ毛を見てくださぁぁぁぁぁいっ！」

ゴリラのあまりの変態ぶりに、お妙の中の何かが「ぶちり」と音を立てて切れた。お妙は脇道に立てかけてあった角材をひっつかむと、それを両手で握って構える。そしてその

まま走り寄るゴリラに向かって振り抜いたのである。

「図に乗るんじゃねェェェェ！」

咆哮と共に放たれた全力のフルスイングが、ゴリラの胴体の真芯を捉えた。

哀れゴリラの身体は、かぶき町の空に高く打ち上げられてしまう。

「お妙さあああああああああん！」

人目を忍んで雑踏を歩く、ひとりの男がいた。
女と見まがうような長い髪の男だ。周囲の様子を窺いながら、注意深くゆっくりと歩いている。
男の名は桂小太郎。かつて銀時と共に天人と戦った攘夷志士であり、現在も町の暗部で攘夷活動を続けている男だった。
隣を歩く白い生き物は、桂の盟友でもありペット（？）でもあるエリザベスである。とぼけた表情の着ぐるみ——にしか見えない自称宇宙生物だが、そもそも攘夷の心を有する者に姿形や出自は関係ない。桂はそう思っている。

　そんな同志に向かって、桂は口を開いた。

「エリザベス。武士たるもの決して金に目が眩んではならんぞ。常に質素な食事を心がけ——」

　訓辞を述べようとした矢先のことだった。向かう先の角(かど)から、血相を変えた男たちが飛び出してくる。先頭を走るのは旧知の人物、坂田(さかた)銀時であった。

　銀時はなぜか虫捕り網を手に、必死の表情でこちらに走ってくる。

「ヅラァァァァァ！　どけェェェェェェ！」

「ヅラじゃない！　桂だ！」

　そんなお決まりの文句も、今の銀時の耳には入っていないらしい。銀時は今まさに金に目が眩んだ挙句(あげく)、黄金カブトムシを追っているだけなのだが、そんなことは桂が知る由(よし)もなかった。

　桂は銀時の背後に、追いすがる男たちの姿を見る。制服からして、真選組の連中らしい。

「追われておるのか、銀時！」

　なにやら緊急事態の様子。江戸の明日を担(にな)う攘夷活動にとって、銀時はなくてはならない男なのだ。ここで見殺しにするわけにはいかない。

「助太刀(すけだち)いたそう！」

桂は腰の刀を抜き放ち、制服の男たちに襲いかかった。まず先頭の男が手に持つ網を奪い取り、相手の顔に引っかける。桂はそのまま男を地面に引き倒し、後続の男たちの足元を狙って転がした。彼らは仲間の身体に足を取られ、体勢を崩してしまう。

いかに特殊警察の人間だろうと、〝狂乱の貴公子〟桂小太郎の変幻自在の戦術には対応できなかったらしい。蹴躓(けつまず)いて無防備なところを斬りつけられ、真選組隊員たちは次々と倒れ伏していく。

「安心いたせ。峰打ちだ」

これで銀時の背を狙う者はいなくなったはず——と桂はひと息つく。しかし、事はそう簡単に済まないようだった。

「おっとォ、こんなところで偶然お会いするとは……攘夷浪士の桂小太郎殿」

前方の角からゆっくりと姿を現したのは、黒光りする巨大なカブトムシ——の着ぐるみを着た、真選組の隊長、沖田総悟である。

これまで何度か小競り合いをした経験から、沖田が危険な相手であることはわかっている。まともにやり合えば厄介なことこの上ない。

となれば、打つ手はひとつだ。桂は刀を鞘に納め、

「エリザベス！　逃げるぞ！」

三十六計逃げるに如かず。桂は踵を返し、一目散に逃走する。

「おおっと！　そういつもいつも逃がすわけにはいかねえんでさァ！」

沖田がよっこらせと、鈍く光る金属製の何かを肩に担ぐ。

バズーカ砲だ。なんとこの男、そのバズーカ砲を、桂に向けて躊躇なくぶっ放したではないか。

「!?」

もっとも、今さらバズーカごときに狼狽える桂ではなかった。エリザベスが、飛んでくる砲弾をその手でバシッと弾き返してしまったのである。

砲弾が明後日の方向で爆発する。沖田がそちらに気を取られている今がチャンスだ。桂はエリザベスと共に、人ごみをかき分けて逃走する。

攘夷浪士・桂小太郎にとって、こんなことはもう日常茶飯事だった。なにせ桂には、〝逃げの小太郎〟という異名もあるのだから。

「待てやァァァァァァ！」

沖田の雄たけびが響き渡る。今ここに、もうひとつの捕物劇が幕を開けたのであった。

桂と沖田のバトルなどつゆ知らず、万事屋の面々は瑠璃丸を追ってかぶき町の路地をひた走っていた。

後ろから追いすがるのは、鬼のような形相（ぎょうそう）を浮かべた真選組副長、土方十四郎である。

「てめえらクズどもに将軍のペットは触（さわ）らせねえェェェ！」

路地を抜け、前方に見えるのは大きな川だった。瑠璃丸はブウンとその川の上をまっすぐに橋の方に向かっている。

「おおおおおおおおっ！」

あの橋まで先回りする気なのだろう、銀時がさらなるスパートをかける。

銀時の手足は、人間の限界を超えるかのような速度で作動していた。そんな隠された底力を見せつけられ、新八は驚愕（きょうがく）してしまう。

「速いっ!?　金に目が眩んだ銀さんは通常の六倍のスピードだ！」

「シャアの倍アルか!?」神楽も目を見開いている。

赤いモビルスーツもかくや、という速度で前方に架かっている橋まで到達する銀時。あとはもう、川の上を飛んでくる瑠璃丸を捕まえるだけだった。

「よし来おおおおおおおおいっ！」

銀時が手を伸ばした。

黄金のカブトムシは、まっすぐにその手の方へと向かっていく。

これでついに万事屋も大金持ち。未払いだった給料が払われるのはもちろん、ボーナスもたんまり出るはず。姉上にもようやく楽をさせてあげられる——と、新八は期待に胸を膨らませていたのだが。

その瞬間、ざぱあああん、と川面が弾けた。巨大な影が、突如水面から飛び出してきたのである。

なんだアレは!?　とその場にいた全員が硬直する。

影の正体は魚型の〝えいりあん〟——天人が持ちこんだ宇宙生物である。空中に飛び上がった魚えいりあんは大きな口を開けて、瑠璃丸をパクリとひと飲みにしてしまう。

「ウソでしょ……」銀時が、愕然とした表情で呟く。

魚えいりあんが満足げに川に落ちていくのを見つめながら、一同は呆然と口を半開きにする他なかったのである。

半日全力で追いかけっこしてこのオチって……あまりに報われない。

瑠璃丸を巡る騒動が呆気ない幕切れを迎え、日はとっぷりと暮れてしまっていた。

ネオンの眩しい歓楽街を歩きながら、銀時は「ちっ！」と舌打ちをする。

「なんでこんなことで取り調べ受けなきゃいけねーんだよ。アホ警察が！」

そうなのだ。公務執行妨害やら何やら、真選組の連中に言いがかりをつけられ、銀時はこんな遅くまで屯所で厳重注意を受ける羽目になっていたのである。

一攫千金の夢は叶わず、丸一日かけて得たものは徒労と説教だけ。とんだ踏んだり蹴ったりだった。

隣を歩く桂が、「ふっ」と頰を緩める。

「しかし、カブトムシがペットとは悪趣味な」

「君のペットもなかなか悪趣味だけどね。Q太郎(たろう)」

「Q太郎じゃない。エリザベスだ」桂が眉をひそめる。

桂も知らないところで真選組とやり合っていたようだが、どうやらうまく追跡を振りきることに成功したらしい。真選組に連行された銀時の身を案じ、この時間まで付近に潜伏していたというのだ。

「まあ、そんな様子なら心配することではないな」桂が言う。

「わざわざすみませんねェ。心配してもらっちゃって」

「白昼堂々、真選組とやり合っていれば心配して当然だろう」

「別に俺らは、奴らに追われるようなこたァしねーよ」

今の銀時は、一介の万事屋に過ぎない。攘夷志士として活動を続けている桂とは、そもそも立場が違うのだ。

桂もそれはわかっているのだろう。「うむ」と頷いている。

「しかし……カブトムシか」桂がしみじみと口を開いた。「昔は一緒に捕りに行ったものだな」

そんな旧友の言葉に、銀時も昔のことを思い出す。

松下村塾（しょうかそんじゅく）――。幼い頃、自分たちはそこで育った。

銀時、桂、そして今はどこでどうしているかわからない高杉晋助（たかすぎしんすけ）……。変わり者やら爪（つま）はじき者やらばかりが集（つど）った、おかしな学（まな）び舎（や）だった。

だが、居心地は不思議と悪くなかったように思う。生徒も普通じゃなければ、先生もまた輪をかけて変わったひとだったからだ。

吉田松陽（よしだしょうよう）　先生。

カブトムシの捕り方も、世の中のことも、生きていく術（すべ）も、皆あのひとが教えてくれた。

今も目を閉じれば、先生の優しい笑顔を思い出すことができる。

『皆さんはこれから生きていくうえで、様々な困難や壁に当たることでしょう。そのときどうするかは、あなたたち自身が決めることです。ただ、そのときにひとつだけ、思い出してほしいことがあります――』

教室の片隅で不愛想に過ごしていただけの自分にすら、先生は優しかった。あの塾で過ごした連中は、皆多かれ少なかれ先生に感謝をしていたことだろう。

桂が、銀時の顔を覗（のぞ）きこむ。

「あの頃に帰りたいと思ったことはないか、銀時」

「いいや、全然」

松下村塾での穏やかな日々は、突然やってきた役人たちの手によって唐突に終わりを迎えることになった。

――吉田松陽。幕府および天人の法に異を唱(とな)える思想を広めんとしたこと、反逆罪とみなし、禁獄いたす。

そう申しつけられ、先生は無抵抗のまま、役人に両脇を抱えられて連れ去られてしまったのである。

そのときのことは、今もなお心の底に澱(おり)のようにこびりついて離れない。どれだけ先生の名を叫ぼうとも、決して自分たちのもとに先生が帰ってくることはなかったのだから。

隣を歩く桂が、「そうだな」と頷く。

「戻ったとて、また傷つくだけだな」

彼もまた、松陽先生との別れの日を思い出しているのだろう。その眉間(みけん)には、深い皺(しわ)がくっきりと刻まれていた。

「呪うべきは、幕府か……時代か……」

月を見上げながら、桂がそう呟いた。

思い出すのは十年前、戦場の光景だった。

戦装束に身を包み、天人たちに立ち向かう。銀時と共に刀を振るうのは、志を同じくしていた同胞、高杉と桂だ。

天人を一刀のもとに斬り倒し、高杉が叫ぶ。

「銀時！　桂！　あっちに回れ！」

銀時と桂が「おう！」と応える。前方には天人の一個小隊。高杉はそれを単独で相手取ろうとしているのだ。

「高杉、貴様ひとりで大丈夫か」

桂の問いに、高杉が「任せろ」と口の端を上げる。

「死ぬなよ」

「ふっ、俺たちには死ねねェ理由があるだろう」

高杉の言葉に「ああ」と頷き、銀時と桂はその場から駆けだした。この男にならば背中を任せることができる。言葉にしなくとも、ふたりの胸中にはそういう思いがあった。

向かってくる天人たちを次々と斬り捨て、ふたりは戦場を走り抜ける。

たとえ修羅となろうとも、足を止めるわけにはいかなかった。刃を振るうのを止めるわけにはいかなかった。

「お前が……白夜叉……」

地に倒れ伏した天人が、銀時を見上げ、呻く。

「貴様たち、いったい何のために自らの命を擲つ……?」

「決まってんだろ」銀時がふっと唇を歪める。「先生を取り戻すためさ……」

かぶき町の路地をゆっくりと歩きながら、桂が口を開いた。

「これからは始末書沙汰などやめておけよ。これ以上、新八くんと神楽ちゃんに迷惑をかけるな」

「だって神楽がカブトムシ欲しいっつったんだもーん」銀時が鼻をほじる。

この締まりのない顔……果たしてこの男は、十年前に共に戦場を駆けた白夜叉と同一人物なのだろうか。桂でさえ、ときどき疑わしくなる。

桂はため息交じりに、小言を続ける。「それと、鼻くそをほじりすぎだ」

「どんどん生まれ出てくるんだもーん」

そんなことを言いながら、銀時が丸めた鼻くそを飛ばしてくる。しかも飛ばすだけに飽き足らず、指先を着物に擦(こす)りつけてくるから性質(たち)が悪い。

「飛ばすな。そして馴染(なじ)ますな」

「はいはい」銀時が適当な調子で答えた。「ご忠告のお返しに言っとくけどさぁ、最近このあたり、辻斬りが出るから気をつけてね。……ほら、ヅラはさあ、後ろ姿、女みたいだから」

「ヅラじゃない、桂だ。そして辻斬りごときに斬られる私ではない」

「はいはーい、じゃあねえ」

へらへらと笑って手を振りつつ、銀時は『万事屋銀ちゃん』の方に歩いていく。

つくづくつかみどころのない男だ、と桂は思う。

あの男の中にはもう、かつての攘夷戦争で見せた怒りの炎は残っていないのだろうか。

それとも、心の奥底に押し隠しているだけなのだろうか。

ビルの乱立する繁華街を離れ、桂は下町をゆっくりと歩く。木造の長屋が建ち並ぶ、昔ながらの住宅地だ。このあたりにはまだ、江戸の情緒が変わらずに残っている。

十年も経てば町も人間も変わる。それはわかっている。だがそれでも、変わらずにいてほしいものもまたある。

高杉、お前はどうなんだ――。

そんなことを考えながら歩いていると、川に架かった木造の橋に差しかかる。日中はそこそこ人通りの多い橋だが、この時間はほとんど人気（ひとけ）はない。

ほのかに注ぐ月明かりだけを頼りに、桂は橋を渡る。

「ちょいと失礼」背後から突然、声をかけられる。「桂小太郎殿（どの）とお見受けする」

「人違いだ」

「心配いらんよ。俺は幕府の犬でもなんでもない」

ゆったりとした口調の男だった。しかしその落ち着き払った声色（こわいろ）の中には、どこか常人を逸脱した危うさが見え隠れしている。血を好む者の気配があった。

「犬は犬でも、血に飢えた狂犬といったところか……。今しがたこのあたりで辻斬りが横行していると聞いていたが、噛(か)みつく相手は選んだ方がいい」

「あいにく俺も相棒も、アンタのような強者(つわもの)の血を欲していてねェ。ひとつやり合ってくれんかね？」

刀の鍔(つば)が鳴る音に、桂が振り向く。

その男が手にした刃は、異様な雰囲気を放っていた。月の光を受け、まるで血のような、鈍い紅色(べにいろ)の輝きを帯びていたのである。

「貴様、その刀……」

応戦しようと、桂も腰の刀に手を伸ばす。しかし、それは叶わなかった。

こちらが刀を抜こうとするひと呼吸の間に、男はすでにその紅色の刀を振り抜いていたのである。

「アララぁ。こんなもんかィ……」

気づかぬうちに、斬られていた。

腹部に爛(ただ)れるような痛みが走る。周囲に迸(ほとばし)る鮮血と共に、桂はその場に倒れ伏した。己(おのれ)の血で視界が朱(しゅ)に染まっていく中、だんだんと意識が薄れていく。

耳に残るのは、男の不敵な笑い声だけだった。

第二章

一夜明けた翌日――江戸の人気ニュースワイドショー『えどダネ！』は、新たな辻斬り事件を報じていた。

『……さて、最近めっきり話題になっております辻斬りですが、昨夜も江戸に現れたようです。現場に結野アナが行ってます。現場の結野アナ～～』

画面はスタジオから事件現場へと切り替わる。

江戸下町のとある橋周辺に、野次馬で人だかりが出来ている映像が映し出されていた。

河原に横たわっているのは、筵を被せられた男性の死体。数人の同心たちが、死体の傍にしゃがみこみ、検分を行っている。

美人レポーターが、マイクを片手に口を開く。

「はい、現場の結野です」

『結野アナと名乗ってください』スタジオから司会の指示が入る。

「はい、現場の結野アナです。事件は昨晩丑の刻頃に起きたと思われます。被害者の傷跡

から、最近巷（ちまた）で出没している辻斬りと同一犯と考えられています」

『結野（けつの）アナ。被害者の身元はわかっているんですか？』

「いえ、こちらにはまだ……」

『いちいち名乗ってください』

「はい、結野（けつの）アナです。いえ、こちらにはまだ身元に関する情報は入ってきておりません」

司会のセクハラな要求にも真面目（まじめ）に答える結野（けつの）アナ。レポーターの鑑（かがみ）であった。

そんな結野（けつの）アナの背後では、野次馬たちが死体を囲み、険しい表情を浮かべていた。

「これで何人目だ？」「狙われてるのは浪人ばかりって話だけどな」「これじゃあ恐ろしくて、夜遊びもできねえや」

連続する辻斬り事件は、江戸町民たちに大きな影響を与えてしまっていた。

そうやって戦々恐々とする野次馬たちの背後を、謎の人影がすっと通り過ぎる。厳密に言えばそれは人影というか、どこか着ぐるみじみた宇宙生物の影だったのだが。

そしてそれから数刻ののち。その宇宙生物は、かぶき町の万事屋を訪れていた。

居間兼応接室に通され、ソファーに座る宇宙生物。しかし、彼（?）はそのまま微動だにしない。その無言の威圧感に、万事屋一同は困惑するばかりだった。

「Q太郎、何の用だよ。ずっと黙ってんだけど」銀時が隣の神楽に耳打ちする。

「違うヨ。銀ちゃん、〝エリザベス〟ネ」

「なんだろ。漫画とかアニメとかだと違和感ないけど、実写になると極端に着ぐるみ感出るね。ねえ、否めないよね、着ぐるみ感」銀時が首を傾げる。

事実、この実写版において、エリザベスは着ぐるみだった。急ごしらえで作られた、布と綿だけの低予算着ぐるみなのだが、それは内々の話である。エリザベスの造形を三次元で表現するのは、映画スタッフもなかなか苦労したところなのだ。

もちろん神楽はそんな苦労もつゆ知らず、

「実写になると急に怖い感じになるパターンアル」そんな無礼なことを口にしてしまう。

会話に危険なニオイを感じた新八は、とりあえず場の空気を誤魔化すことにした。

「は、はいっ！　コーヒーですっ！」

エリザベスの前に、勢いよくカップを置いてみる。

しかしこの宇宙生物、まったく無反応である。まばたきひとつすることなく、じっと真正面を見つめたまま動かないのだった。

「……リアクションねえよ。どうすんだよ」

「中の人、暑くて気絶してるんじゃないアルか」

銀時と神楽の無遠慮な会話に、新八は「中の人とか言わない」と静かにツッコミを入れる。仮にも客相手に、言いたい放題の連中だった。

しかしなおも銀時は首を捻りながら、

「完全にオバQだよね」そんなことを続ける。「ごはん五十杯とか食いそうだよね。めちゃくちゃ犬を怖がりそうだよね。もしかしてこのままコイツが主役をやって、オバQ実写版が始まるんじゃない?」

銀時はすっくと立ち上がり、

「やばいよ！　そっちの方が面白そうだよ！　絶対近くにドロンパいるよ！　どこだ!?　ドロンパ！　ドロンパ！　ドロンパァァァァァァ！」

「落ち着いてください！　多分、本物のエリザベスですから！」新八が声を荒らげる。

「だってずっと黙ってんだもん。何か企んでること山のごとしでしょ」

三人がエリザベスの対応に窮する一方、デスクでは白い犬が「くあっ」と大きなあくびをしていた。万事屋のマスコット、定春である（マスコットというには、多少サイズは大き過ぎるかもしれないが）。眠そうな目をしているあたり、定春も退屈なのだろう。

何も語らない謎の宇宙生物と、じっと睨み合いを続けること数分――。万事屋一同がどうしたものかと顔を見合わせていると、デスクの黒電話がジリリリと音を立てた。

「はい。『万事屋銀ちゃん』でーす」銀時が電話に出る。

すると、受話器を握る銀時の頭に、定春がかじりついた。暇さえあればこの巨大犬、銀時の頭を甘噛みするのが趣味なのだ。

銀時も電話に集中しているのだろう、多少の流血も気に留めていないようだった。

そんな銀時を横目に、神楽が「よし」と頷いた。何か思いついたらしい。

「新八！　こうなったら最後の手段ネ。あれ出せ」

「ダメだよ。あれ、銀さんのだし、怒られるよ」

「いいんだヨ。アイツだってもう若くないんだから。あんなもんばっかり飲んでたら本気で糖尿になるネ」

神楽の言葉に、新八は思わず「確かに」と納得してしまう。

「そういった健康管理も僕らの仕事と考えれば――」

ひそひそ話をしている間に、銀時は電話を終えたらしい。「はい、それでは今から伺いま〜す」と言って、受話器を置いた。

「お〜う、俺ちょっと出るわ」

「涼しい顔して流血してますけど」

定春に甘噛みされ過ぎたせいか、銀時は頭から滝のように激しく血を流している。軽くホラー状態だった。

「どこ行くアルか」神楽が首を傾げた。

銀時は定春を振り払うと、ひらひら手を振って歩きだす。

「さあて、仕事だ仕事〜〜」

「ウソつけェェェ！　ひとりだけ逃げるつもりだろ！」

新八が叫ぶも、銀時はまるで聞く耳を持たない。「あとは頼んだ〜〜」と居間を出ていってしまったのだ。

仮にも経営者だというのに、なんと無責任なのか。こんな無口なお客さんを従業員に押しつけ、自分はどこに行こうというのか。憤りを感じる新八だったが、

「新八！　逆にチャンスネ！」神楽は口の端を上げていた。

その通りだ。あの男がそういう態度を取るなら、もはや遠慮はいるまい。新八は台所に向かうと、冷蔵庫からアレを持ち出した。

「はい！〝いちごオ・レ〟です！」

エリザベスの前に、いちごオ・レのパックを差し出す。

紙パックの側面には『銀さんの』と殴り書きしてあったが、構うことはない。これもお客さんを喜ばせるため。出ていったあの男が悪いのだ。

このいちごオ・レ、相手が銀時ならば、確実にホクホク顔を浮かべるであろう秘蔵の逸品なのである。このエリザベスも甘いもの好きだったりすると都合がいいんだけど――と、新八は客の反応を窺う。

エリザベスの無機質な瞳は、いちごオ・レのパックをじっと見つめていた。

エリザベスは回想に耽っていた。

それはかつて、桂と共に蕎麦屋を訪れた日のこと……。一人前二百九十円のもりそばを啜りながら、桂はこう言ったのだ。

「いいかエリザベス。武士は質素で素朴なものを食しておればよい……。いちごオ・レだ、パフェだと、甘ったれた軟弱なものを食していたら、身体(からだ)だけでなく心まで堕落してしまうぞ」

そうだった。あのひとはいつも、自分に厳しいひとだった。

もしかするともう、自分は彼の訓戒を聞くことはできないのかもしれない――そう思うと、哀(かな)しい気分になってしまう。

大粒の涙が、テーブルに落ちる。見ればなんと、エリザベスは身を震わせて泣いているではないか。

「泣いたァァァ!?」驚愕(きょうがく)のあまり、新八は叫んでいた。

「グッジョブアルヨ！　新八！」

「ん？　で？　なんで泣いたのかな……？　いちごオ・レで」

エリザベスの涙に、新八は首を捻る他なかったのである。

商店街のはずれにある刀鍛冶屋に、ガァン、ガァン、と鉄を打つ豪快な音が響き渡っている。

中を覗いてみれば職人と思しき男女がふたり、灼けた鉄材に向かって金鎚を振り下ろしていた。どうやら、ふたりで刀を打っているようだ。

銀時は鳴り響く金属音に両耳を押さえながら、戸口で大声を上げた。

「あの〜、万事屋ですけどォ。あの、すみませーん。万事屋ですけどォォ」

しかし、返事はない。轟音の中、一心不乱に作業をしているのだ。

銀時は大きく息を吸いこみ、

「すみませ――んっ！　万事屋で――――っす！」

「あんだってェェ!?」男の方が、顔も上げずに返事をする。

「万事屋ですけどォォ！　お電話いただいてまいりましたァァァ！」

「隣の晩ごはんなら他をあたれェェェェ！」

「ヨネスケじゃありませェェェェん！」

「不倫とかしてないですからァァァァァ！」

「週刊文春でもないっつーの！」

騒音のせいか、どうやらこちらの言葉はほとんど聞こえていない様子。銀時はものは試しとばかりについついこんなことを叫んでしまう。

「聞こえてねえのかァァァ!?　バーカバーカバーカ!!」

しかしその瞬間、男の手元から金鎚が飛んできて、

「はうっ!?」

銀時の顔面を直撃。銀時はあえなく仰向けに倒れてしまうのだった。

ぜってー聞こえてんじゃねーか、こいつら。


その後ややあって、銀時は、鍛冶屋の土間で職人ふたりと向かい合っていた。介抱のため、店の中に連れこまれたのだ。

「いやあ、本当にすまぬことをした！」

囲炉裏ごしに、職人の男の方が謝罪の言葉を口にする。厳めしい面構えをした、オール

バックの男だ。いかにもな頑固職人といった雰囲気を漂わせている。

「こっちは汗だくで仕事をしているゆえ、手が滑ってしまった！　申し訳ないっ！」

「いえいえ」青あざの残る顔を引き攣らせながら、銀時が答える。

「申し遅れた！　私たちは兄妹で刀鍛冶を営んでおります！　私は兄の村田鉄矢と申しますっ!!」

職人男――村田鉄矢がハキハキと続ける。この男、鉄を打っていないときでも、ナチュラルに声がデカい。うるさいくらいだった。

「そしてこちらが――」

村田が妹に目を向ける。額に鉢巻を巻いた、短髪で後ろを刈り上げにした女だ。まだ少女と言っても通用する歳の頃に見える。

妹は銀時と目を合わせるなり、ぷい、と顔を背ける。兄とは対照的に、随分無愛想な様子だった。

「こらっ！」兄の村田が眉を吊り上げる。「挨拶くらいせぬか鉄子っ！　名乗らねば坂田さん、お前のことをなんと呼んでいいかわからんではないかっ！　鉄子ぉぉっ！」

「お兄さん。もう言っちゃってるから大丈夫。かなりデカイ声で言っちゃってるから。鉄子さんと呼びますから」

　たまらずツッコミを入れる銀時に、村田は「すいません坂田さん!!」と頭を下げる。

「こいつ、シャイなあんちくしょうなもんでっ！」

「いえいえ。しかしこの廃刀令（はいとうれい）のご時世に刀鍛冶とは、大変そうですね」

「でね！　今回貴殿に頼みたい仕事というのは……」

　会話の流れを無視した発言に、銀時は思わず面喰（めんく）らってしまう。

「聞いてないのかな？　聞こえてないのかな？」

「実は先代、つまり私の父が作り上げた傑作『紅桜（べにざくら）』が何者かに盗まれましてな！」

「ほほう！　『紅桜』とはいったい何ですか!?」銀時も負けじと大声を張り上げる。

「こいつを貴殿に探し出してきてもらいたいっ！」

「おっとォ!?　まだ聞こえてないっ!?」

　銀時の文句などまるで無視するかのごとく、村田は説明を続けてしまう。

「紅桜は江戸一番の刀匠（とうしょう）とうたわれた親父（おやじ）の仁鉄（じんてつ）が打った刀の中でも最高傑作と言われる業物（わざもの）でねっ！　その鋭き刃（やいば）は岩をも斬り裂き、月明かりに照らすと淡い紅色（べにいろ）を帯びる！　その刀身は夜桜のごとく妖（あや）しく美しい、まさにふたつとない名刀ッ!!」

「それはスゴイっすね！　で、犯人に心当たりはあるんですか!?」

「しかしっ！　紅桜は決して人が触れていい代物ではないっっ！」

「お兄さん!?　人の話聞こうっ！」

「なぜなら紅桜を打った親父が一か月後にぽっくりと死んだのを皮切りに、それ以降も紅桜に関わる人間は必ず凶事に襲われたっ！　あれは！　あれは人の魂を吸い取る妖刀なんだっ！」

「ちょっとォォ！　勘弁してくださいよ！」銀時が顔をしかめる。「じゃあ、俺にも何か不吉なことが起こるかもしれないじゃないですか!!」

「紅桜が災いを起こす前に見つけ出してくだされっ！」

相手の言い分完全無視で頭を下げてくる村田に、銀時は怒鳴り声を上げていた。

「聞けやァァァ！　リッスントゥーミーィィィ！　プリィィィイズ！」

それまで脇で黙っていた妹の鉄子が、ぽつりとこぼす。

「……兄者と話すときは、もっと耳元によって腹から声を出さんと……」

「え？　そうなの？　先に言ってよ」

銀時が席を立ち、村田の傍に寄る。彼の耳元で大きく息を吸いこんで、

「お兄さ――――ん！」

そう叫んだのだが、村田はまったく反応がない。

「……ちょっとしゃくれてっ！」

そんな鉄子のアドバイスに従い、銀時はやや顎をしゃくらせてみる。

「お兄さァァァァァァァァァァァんっ！」

「もっと猪木っぽく！」

「お兄さんっ!!　元気ですかァァァァァ――――ッ!?」

銀時は全身全霊で、腹の底から大声を張り上げる。

村田もそこでようやく反応を見せたのだが、

「うるさ――――い！」

突然怒りの形相を浮かべ、銀時の頬をバチコーン！　とぶん殴ったではないか。

あまりに理不尽な鉄拳の前に、銀時にできたことといえば「来い、このヤロー！」と猪木風の挑発シャウトをしてみせることだけだったのである。

辻斬り死体の上がった橋の周囲には、もう野次馬の姿はほとんどないようだった。なにせ、不吉な事件の起こった場所なのだ。近辺の住民も、あまり近づきたくないと思っているのかもしれない。

新八や神楽をこの橋の上に連れてきたのは、今回の依頼人、エリザベスである。

エリザベスは口の中に手を突っこむと、そこから「くぽっ」と汚れた布製の小袋を取り出してみせた。その小袋に付着した赤黒い汚れは、見たところ血痕のようだ。

「血が……。確かに桂さんのものなんだね？」新八が眉をひそめる。

エリザベスがコクリと頷いた。

「今朝、ここで？」

エリザベスが再び頷いた。

「じゃあ――」

エリザベスが俯きながらどこからかプラカードを取り出した。そこには『今朝の死体、もしかして……』と書かれている。この宇宙生物は、会話をすべてこのプラカードで行うのである。

「エリザベス。君が一番よく知ってるはずだ。桂さんはその辺の辻斬りにやられるような人じゃない」

「でも」血染めの小袋をつまみ上げながら、神楽が口を開いた。「これを見る限り、何かあったことは明白アル。早く見つけ出さないと大変なことになるネ」

神楽はその小袋を、定春の鼻先に突きつけた。定春に匂いを嗅がせて、追跡しようというつもりなのだろう。

しかしエリザベスの方はどうにも消極的で、『もう手遅れかも……』と書かれたプラカードを掲げている。その目には、大粒の涙が溜まっていた。

桂とエリザベスが無二の親友であったことは、新八もよく知っている。エリザベスも、桂の身を案じるあまり、不安に囚われているのだろう。

その気持ちはわかる。わかるのだけれど――。

「バカヤロォォ!!」新八の握りしめた拳が、エリザベスの頬を打った。

エリザベスは『ぐはっ!』と書かれたプラカードを手に、背中からゴロリと転倒してしまう。

新八は転がったエリザベスの上に馬乗りになり、さらにこう続けた。

「お前が信じないで誰が桂さんを信じるんだ！　お前に今できることはなんだっ!?　桂さんのためにできることはなんだ!?　ええっ、言ってみろ！」

大切な仲間の危機だからこそ、落ちこんでいる場合ではない——。新八はそういう熱い気持ちを伝えるために、あえてアグレッシブな態度を取ってみたのだが。

「……ってーな。放せよ。ミンチにすんぞ」

突然エリザベスの中から、ぼそりと奇怪なボイスが響いてきた。

その思いもかけない反応に、新八は「あわわ……」と狼狽(ろうばい)する。エリザベスが喋(しゃべ)った。

まさかこの謎の宇宙生物、本当に中の人がいるというのだろうか。

「す、すす、すいまっせえええええんっ……！」

新八にはもはや、誠心誠意謝ることしかできなかったのである。

そんな情けない新八の姿を、定春に乗った神楽が上から見下ろしていた。

「新八。私、とりあえず定春とヅラの行方を調べてみるアル」

「ああ……」

「そっちはエリーと辻斬りの方を調べろ！」

それだけ言って、颯爽と駆けだしていく一人と一匹。定春の巨体がズシンズシンと響きを上げながら、通りの人ごみをかき分けていく。

あとに残されたのは、新八と、得体の知れない宇宙生物だけである。

実に不機嫌そうな様子で欄干にもたれかかるエリザベスを前にして、新八はただただ恐縮するばかりであった。

「てっきり売り飛ばされてると思ったんだけどなあ」
銀時が、ぼりぼりと後ろ頭を掻く。
ここは下町にある、リサイクルショップの前である。鍛冶屋から盗まれたという刀、紅桜を探すため、この手の店をあちこち回っていたのだが——日はもうすっかり落ちてしまっていた。遠くから梟の鳴き声が聞こえてくる。
「質屋にねえとなると金目当てではないか……となると——」

呟く銀時の背後から「探し物ですかィ?」と声が響く。

真選組の沖田だ。夜回りでもしているのだろうか。

このあいだのこともある。正直、あまり警察と関わり合いになりたい気分ではなかった。

銀時はしっしと手を振りながら、

「仕事だよ、仕事。お前らとは関係ねえからほっといてくれ」

「こっちは瑠璃丸食われて将軍凹みまくりで、てんやわんやなんでさ」

「知らねーし」

「商売繁盛で、よござんしたね」沖田が表情を変えずに続ける。「しかし気をつけてくださいね。ご存知でしょうが、最近ここいらで辻斬りが流行ってましてね」

ニュースにもなっているくらいだ。江戸中の人間が知っている。

「ま。出会った奴はみんな斬られちまってんだが、遠目で見た奴がいましてね。そいつの持ってる刀が……刀というより生き物みたいだったそうでさ。月明かりに、紅色に光って……」

月明かりに照らすと淡い紅色を帯びる——。それは今日の日中、あの鍛冶屋の村田が言っていた紅桜の特徴そのものではないか。

「そいつは――」と言いかけ、銀時は沖田に背を向ける。探している刀が今、誰の手にあるか、それに思い至ったからだ。

「旦那(だんな)、何を嗅ぎ回ってらっしゃるんで？」

銀時は明後日(あさって)の方向に目を向けながら、適当に半笑いで答える。「……ううん、別に？」

「嘘(うそ)つけェ！　明らかに嘘つくときの顔だろ！」

沖田が詰め寄ってきたものの、銀時に答える義理はない。そのまま背を向け、走り去る。

沖田も何かに勘づいたのか、携帯を取り出してどこぞに連絡していたようだが……別に銀時の知ったことではなかった。

辻斬り現場の橋の近辺は、夜になるといっそう不気味な雰囲気を漂わせていた。こんな静けさの中では、今にも新たな凶行が行われてもおかしくはない。

「ちゃーっす！　エリザベス先輩！　肉まん買ってきましたっす！」

びしっと敬礼をする新八の手には、コンビニ袋があった。現在新八はエリザベスと共に、

辻斬りを捕まえるため、狭い路地に張りこんでいる。エリザベスの額には〝打倒！　辻斬り〟の鉢巻。桂の手がかりを探すため、燃えているらしい。

エリザベスは新八の方を見ないまま、いつものプラカードを取り出した。

『俺は551蓬萊の豚まんしか食わないぜ』

「そういう関西人にしかわかんないローカルネタやめてもらっていいでしょうか！　コンビニに551とかないんで！　とりあえず普通の肉まんでおねがいしますっ！」

エリザベスに肉まんを差し出す。昼間の一件以来、ふたりの間にはすっかり上下関係が出来てしまっていたのである。

新八も肉まんを片手に、張りこみに戻ることにした。

耳に聞こえてくるのは、犬の遠吠えくらいのもの。静かな夜だ。周辺の住民も、辻斬りを警戒して夜歩きを自重しているのだろう。

「どうっすか、辻斬り、来ましたか？」エリザベスに向け、新八が尋ねる。「しかし無茶じゃないですかねえ。辻斬りに直接桂さんのこと聞くなんて。まだ犯人が辻斬りと決まったわけじゃないし——」

『大人しく俺の後ろに隠れていろ』

そんなプラカードを出して見せるエリザベスに、新八は「はい」と頷く。そうして素直にエリザベスの背中に近づこうとしたのだが、

「うわあああああ!?」

なんと急にエリザベスが振り返り、手にした刀で新八を斬りつけてきたのである。

『俺の後ろに立った奴は死ぬ』

そんなプラカードを手に、エリザベスが新八を睨みつけた。

「あ、あんたが後ろに立てってって言ったんでしょ!? つーか、夜中だとどっちが前だか後ろだかわかんないんすよ、あんた!」

エリザベスの意味不明な行動に新八が辟易していると、背後から「おい」という男の声が響いた。

「何やってんだ、貴様ら。こんなとこで……。怪しいな」

突然の声に思わずびくりと震えてしまったが、男の持つ提灯には『御用』と書かれている。よくよく見れば、岡っ引きのようだ。

新八は、ほっと安堵の息を漏らした。

「なんだあ、奉行所の人か。びっくりさせないでよぉ。はあ、安心した」

「いや、安心しないで。怪しんでるから。奉行所の人が怪しんでるから」

岡っ引きが、新八とエリザベスに訝しげな視線を向ける。

「お前らわかってんの？　最近ここらにはなァ……」

と言いかけたところで、岡っ引きの身体がぐらりとくずおれた。

何が起こったのか。倒れた岡っ引きの背中からは、勢いよく赤黒い血が噴き出している。

岡っ引きの背後に立っているのは、刀を持った編み笠姿の男。血にまみれたその男の刀は、紅色の淡い光を帯びているように見えた。

「――辻斬りが出るから危ないよ」

編み笠の男が、口元を歪めて刀を振りかぶった。

「うわあああああ!?」新八は悲鳴を上げ、硬直する。

その時だ。とっさにエリザベスが回し蹴りを放ち、新八の身体を弾き飛ばす。

いったい何をするのかと思えば、エリザベスは倒れた新八の前に立ちはだかり、身を挺して男の斬撃を受けたではないか。

「エリザベス――っ！」

斬られた瞬間、エリザベスの身体はふうっと虚空に掻き消えてしまった。着ぐるみの上っ面部分を構成していた白い布だけが、ひらひらと宙に舞う。

いったい何がどうなったのか。突然の事態の連続に、新八はすっかり平静を失ってしまっていた。

もっとも編み笠の男にとっては、そんなことはどうでもよかったのだろう。新八の方に向き直り、再び剣を振りかぶる。

「さあ、今度はこっちのお兄ちゃんだ。辻斬りってのはね、誰でも――」

今度こそダメかもしれない――そう思った瞬間、男の刀が目の前で弾き飛ばされた。

新八もよく知る木刀が、間一髪のところで横から突き出されたのだ。

「おいおい、ウチのお客さんに何してくれてんだ」

銀時だ。昼間にどこぞへと出かけていったこの男が、どういうわけかこの場に現れた。

そして新八を助けてくれたのだ。

目の前の男がふっと笑みを浮かべ、その編み笠を取る。笠の下から現れたのは、サングラスをかけた細面の顔――、新八もよく見知った顔だった。

「お前は……人斬り似蔵っ！」

「おやおや、俺もそこそこ有名人になったみたいだねえ」

男が、鼻炎用スプレーを鼻の穴に噴射する。

「そのようですねえ」銀時が面倒臭げに相槌を打った。「あんだけお尋ね者のポスターにでかでかと顔が出てりゃあなあ」

「件の辻斬りはお前の仕業だったのか……！」新八が戦慄する。

人斬り似蔵こと、岡田似蔵。目が不自由でありながら、凄腕の凶剣の使い手である。万事屋の仕事でも、いつぞややり合ったことのある相手だった。

こんなのに目をつけられただなんて、銀さんがいなければ危なかった――新八は息を呑んだ。

「でも……銀さん、なんでここに」

「お互いの目的がひとつになったらしいよ。今ここで」

「は？」

「うれしいねェ。わざわざ会いに来てくれたってわけだ」岡田が口を開く。「こいつは災いを呼ぶ妖刀だと聞いていたがね、どうやら強者も引き寄せてくれるらしいよ」

岡田はその紅色に光る刀を拾い上げ、銀時に向き直った。

「特にあんた。こうも会いたい奴に会わせてくれるとは、俺にとっては吉兆を呼ぶ刀かもしれん」

　こうも会いたい奴に会わせてくれる……その言葉に、新八は引っかかりを覚えた。まるでもうすでに、目的の誰かと出会っているような口ぶりではないか。

「……あ！　桂さん！　桂さんをどうしたんだ!?」

「おやおや、アンタらの知り合いだったかい。こいつはすまないことをした。俺もおニューの刀を手に入れてはしゃいでいたものでねェ。ついつい斬っちまった」

　岡田の言葉に、銀時は眉をひそめる。

「ヅラがてめーみてーなただの人殺しに負けるわけねーだろ」

「そう怒るなよ。悪かったと言っている。あ、そうだ――」

　岡田が懐に手を入れ、何かを取り出した。

「ホラ。せめて奴の形見だけでも返すよ」

　それは一束の長い髪の毛だった。艶やかで、まるでクセのない美しい髪――あんな髪を持つ男となると、江戸にもそう多くはないだろう。

「記念になると思ってな、切り取っておいた。あんたたちが持ってた方が奴も喜ぶだろう」

　岡田が髪の毛を鼻に当て、すんすん、とその匂いを嗅ぐ。

「しかし桂ってのは本当に男かィ？　このなめらかな髪……まるで女のような……」

銀時はそう聞くや否(いな)や、地面を蹴った。木刀を振りかぶり、岡田の顔面に向けて真っ向から振り下ろしたのである。

がきぃん、と鈍い音が響いた。岡田の紅色の刀が、銀時の木刀を受け止めたのだ。刀同士がぶつかり合うその衝撃は、周囲の空気を揺るがすほどに強烈なものだった。

「何度も同じこと言わせんじゃねーよ」銀時が岡田を睨みつける。「ヅラはてめえみてーな雑魚(ざこ)にやられるような奴じゃねーんだよ」

「クク……。確かに。俺ならば敵(かな)うまいよ。奴を斬ったのは俺じゃない。俺はちょいと身体を貸しただけでねェ」

岡田の言葉と共に、紅桜の刀身から幾本もの管状の何かが生(は)えてくる。それらは剣を握る岡田の右腕に絡みつき、その先端を突き刺した。まるで融合するかのごとくに、触手のようにうねうねと右腕を取りこんでいるのだ。

「なあ、『紅桜』よ……」

「なっ――!?」

銀時が息を呑むのもわかる。岡田が持つのは、もはやただの刀ではない。まるで生き物のような……異形（いぎょう）の代物だったのだ。

一方、神楽は定春を連れ、とある港の付近を調べていた。

手がかりは、例の小袋に残っている桂の匂いだ。定春の嗅覚（きゅうかく）を頼りに、桂の行方を追っているのである。

「定春ぅ、すっかり暗くなってしまったアル。もう帰らないと銀ちゃんたちが心配する――しないか。しないな」

ひとりで納得し、神楽は「ふわあ」と大きなあくびをこぼす。

「ヅラならきっと大丈夫アル。アイツがちょっとやそっとで死ぬわけないアル。今日は一旦帰って明日また探す――」

そのとき、定春が足を止めた。

「定春？」

定春のつぶらな瞳が、まっすぐに前方を見つめている。何かを見つけたのだろうか。

「くぅぅん」と意味ありげな唸り声を上げていた。

「定春、ここからヅラの匂いがするアルか？」

　定春は元気よく「わんっ！」とひと吼え。

　彼の視線の先には船着き場があり、大きな船が停泊しているのが見える。客船だろうか。甲板上の船室上部には、立派な瓦屋根が設えられている。近くに浮かんでいる他の小舟に比べると、格段に豪華な雰囲気の船だ。

「なんだろ、この船。でっけーなあ」

　神楽が首を傾げていると、

「オイ、どうだ？　見つかったか？」近くから男の声が聞こえてきた。

　着物をだらしなく着崩した浪人風の男たちが、連れ立って歩いてくるのが見える。神楽は慌てて定春を引っ張り、物陰に隠れることにした。

「ダメだ。こりゃまた例の病気が出たな、岡田さん」浪人のひとりが言う。

「やっぱアブネーよ。あのひと。こないだもあの桂を斬ったとかふれ回ってたが、あのひとならやりかねねえ」

「どーすんだよ。お前ら、ちゃんと見張っとかねーから。アレの存在がバレでもしたら、マジやべえよ」

そんなことを言い合いながら、浪人たちは船の方に向かっていく。

半分以上ちんぷんかんぷんな会話だったが、連中は確かに「あの桂を斬った」とか言っていた。どうやら桂について何か知っているようだ。

「定春」神楽が小声で囁(ささや)く。「万事屋に戻ってここに銀ちゃんたちを連れてくるアル。可愛(かわい)いメス犬がいても寄り道しちゃダメだヨ」

定春は「ワンワン！」と頷き、神楽に背を向けた。

「上に乗っかって腰振っちゃダメだヨ～～」

走り去る定春を見送り「よし、行くか」と腰を上げたそのとき——神楽の中でニュータイプ的な第六感がキュピリーンと反応した。

「右ィっ！」

右手を向けば、そこにはラーメンの屋台。店主がまな板でネギを刻む音と、芳醇(ほうじゅん)なスープの香りが、神楽の胃袋を刺激していたのである。

「感じ取ってしまったものは仕方ないアル。腹が減ってはなんとやら」

おもむろに屋台に近づき、店主に声をかける。

「おい、ハゲおやじ！　ラーメン三杯！」

「ハゲてねえし」

いぶし銀な風体のラーメン屋の店主が、顔をしかめて応えた。

銀時と岡田の攻防は、さらに激しさを増していた。

何度も何度も刀を打ち合わせつつ、ふたりは次第に橋の上へと移動する。岡田の振るう紅桜の速度は、一太刀ごとに速くなっていくようだった。威力もまた同様だ。ますます苛烈さを増している。

なにせ刃を受け止めた銀時ごと、橋の底板を崩落させ、川に叩きこんでしまったのである。もはや人間業ではない。

川に落ちた銀時を見下ろし、岡田が愉悦の笑みを浮かべる。

「おかしいね、オイ……。あんた、本当に伝説の攘夷志士、白夜叉かい？」

「おかしいね、オイ……。あんたそれ、本当に刀ですか？」

川の中で体勢を立て直した銀時が、ぺっと血痰を吐き捨てる。

「『刀というより生き物みたいだった』って？　……冗談じゃねーよ。そりゃ生き物っていうより……化ケ物じゃねーか！」

岡田はニヤリと笑い、橋の上から飛び降りた。落下の勢いを利用し、銀時を上段から叩き潰そうとしているのだ。

紅桜が水面に叩きつけられ、大きな水しぶきが上がる。

しかし、銀時は一瞬早く岡田の背後に回っていた。岡田の膝に強烈なローキックを放ったのだ。岡田はたまらず、前のめりに水の中へと倒れこむ。

「喧嘩は剣だけでするもんじゃねーんだよ！」

銀時の足が、倒れた岡田の右腕を踏みつける。刀を持つ手さえ封じれば、あとはなんとかなる――そう思ったのだ。だが紅桜は、そんな甘い代物ではなかった。

気づけば紅桜の刀身から伸びた無数の管状の触手が、銀時の木刀に絡みついていた。

「なっ!?」銀時が目を見開いた。

「喧嘩じゃない。殺し合いだろうよ……！」

岡田が銀時を跳ね飛ばし、再び形勢が逆転する。

大振りに薙ぎ払われた紅桜を、銀時が木刀で受け止める。しかし木刀では、妖刀との打ち合いには耐えられなかったようだ。銀時の木刀は、真っ二つにへし折られてしまったのである。

結局そのまま衝撃を殺しきれず、銀時の身体は勢いのまま背後の橋脚へと叩きつけられてしまう。

「銀さんんんん！」欄干から身を乗り出し、新八が叫んだ。

身体がバラバラになりそうなほどの、鈍い痛み。人間とは思えない岡田の膂力に、銀時は戦慄を覚えていた。

――こいつ、機械でもくっつけてんじゃねーのか。とても人間の力とは思えねえ……

なんとか立ち上がろうとする銀時だったが、身体に力が入らない。気づけば銀時の胸部は、横一文字に斬り裂かれてしまっていたのである。

胸から噴き出す大量の血液。それを見下ろし、銀時が半笑いを浮かべる。

「おいおい。これ、ヤベ……」

ふらつく銀時に、岡田はさらなる追撃を加える。電光石火の刺突だった。

心臓を狙いすました必殺の一撃――銀時はとっさに紅桜の刀身をつかむことで、なんとかその狙いを逸らした。心臓の代わりに、あえて自らの腹部を貫かせたのだ。

もっとも、その痛みでさえ尋常なものではなかった。

「ぐふっ!?」と血を吐く銀時の姿に、新八は狼狽える。

「嘘……。嘘だ。銀さんが、銀さんが……!」

「平和な江戸じゃ腕も鈍るか……白夜叉も桂も」

岡田は、「クククク」と含み笑いを浮かべる。

「攘夷戦争の伝説はどこへやらだねェ……」


ついに今、この手で白夜叉を討ち取った。

攘夷戦争で名を馳せた英雄にしては、呆気ない幕切れだ。せめてもう少し粘ってくれると思っていたのに――岡田は鼻を鳴らす。

「〝あのひと〟もさぞやガッカリしているだろうよ。かつて共に戦った盟友たちが、揃いも揃ってこのザマだ」

〝あのひと〟は今頃、船上で時を待っているはずだった。この国を壊す、その時を。

そのための刃となるのが、自分であり、この紅桜なのだ。

「アンタたちのような弱い侍のせいでこの国は腐敗した。アンタではなく俺があの人の隣にいれば、この国はこんな有様にはならなかった」

白夜叉を串刺しにしたまま、岡田は続ける。

「士道だ節義だ、くだらんものは侍には必要ない。侍に必要なのは剣のみさね。剣の折れたアンタたちはもう侍じゃないよ。惰弱な侍はこの国から消えるがいい――」

「……剣が折れたって？」

致命傷を負っているはずの白夜叉が、そう呟いた。

紅桜を引き抜こうとする岡田だったが、それは叶わなかった。白夜叉の両腕が、自らの身体に突き刺された刀身を、しっかりと握っていたからである。

「ぬ」

「剣ならまだあるぜ。とっておきのが、もう一本」

そのときだった。岡田の頭上から、雄たけびが聞こえてきたのである。

「あああああああああああ！」

先ほど殺し損ねた少年だった。それまで戦いを見守っていたあの少年が、刀を振り上げ、岡田に躍りかかってきたのである。

さしもの岡田も、身動きを封じられていては防御のしようもなかった。少年の剣が、紅桜と融合した岡田の右腕を、上段から斬り飛ばしてしまったのである。

自分の腕が川面に落ちる音を聞き、岡田は「あらら」と呟く。

「腕が取れちまったよ。ひどいことするね、僕」

「これ以上来てみろォォ！　今度は左腕を頂くっ！」

少年の気迫の前に、岡田は一瞬躊躇(ちゅうちょ)する。さて、右腕を失ったこの状態で、どうやってこの小僧を縊(くび)り殺(ころ)してやろうか――。

そんなことを考えていると、周囲に「ピイイイイイ」という笛の音が響きわたった。

誰が通報したのか、どうやら、警察(イヌ)どもが来てしまったらしい。

土手の上から、男がひとり駆け下りてくる気配があった。目が見えずとも、常人離れした俊敏な身のこなしの人間であることが窺い知れる。

男は川に降りると、抜き放った剣をこちらに向けた。

「真選組・沖田だ。貴様、岡田似蔵だな」

「邪魔なのが来ちゃったねェ。勝負はお預けだな」

川の中から紅桜を拾い上げ、岡田は逃走を開始する。

なあに、焦（あせ）ることはない。こいつらと決着をつける機会は、まだあるのだ。

沖田が部下たちに「追えっ！」と指示を出す。そして、銀時の方へと走り寄ってきた。

「旦那！　やっぱりここだったんですかィ」

「銀さんっ！　しっかりしてください、銀さん！」

新八の目にも、銀時の傷が深いのは一目でわかった。腹からの血が止まらない。銀時はもう、ひとりでは立てないほどに深手を負っているのだ。

「くそ」沖田が舌打ちする。「もう少し早く来ていれば……」

「新八……おめーはやればできる子だと思ってたよ。へへ」

銀時はそれだけ言って、意識を失ってしまった。

「運びますぜ」

沖田に「はい」と頷き返し、新八は銀時の身体を抱きかかえる。

消えた桂。岡田似蔵。そして謎の妖刀……。江戸の町に、何か良くないことが起ころうとしているようだった。

頼みの綱の銀さんがこんなことになった以上、あとはもう僕らだけでなんとかするしかない——新八が、固く下唇を噛みしめる。

もろもろの後始末を終えて沖田が真選組の屯所に戻った頃には、すでに丑の刻を越えてしまっていた。屯所で明かりが点いているのは、道場だけである。

道場に入ると、局長の近藤が素振りしている姿が目に入った。もう真夜中だというのに、実に精が出ることだ。

木刀を振る近藤の姿を横目に、沖田は道場の床に腰を下ろす。

するとちょうどそのタイミングで、土方も道場に入ってきた。土方は攘夷浪士の動向を調査していたはずだったのだが……なにやら深刻そうな面持ちで、腰を下ろした。

「噂は本当だったようだ」

「噂？」木刀を振りながら、近藤が尋ねた。

「高杉が……江戸に戻ってきた」

「なに？」

「攘夷浪士でもっとも過激で危険な男……高杉晋助」

懐からアイマスクを取り出しながら、沖田が呟いた。

近藤や土方がピリピリと神経を張りつめさせているのがわかる。いったいあの男は、何のために江戸に戻ってきたというのだろうか。

土方は顔をしかめながら、

「奴は人斬り似蔵を仲間に引き入れたようだ」

「あの人斬り似蔵を?」近藤が怪訝な表情を浮かべる。

「今、万事屋とやり合っているところを見てきました。間違いありません。ありゃ、人斬り似蔵でさァ」

結局あの後、岡田は真選組の包囲網を逃れ、行方をくらませてしまった。おそらく、高杉の手によって匿われているのだろう。

「岡田似蔵だけじゃねえ」土方が続ける。「〝赤い弾丸〟と恐れられる銃の使い手、来島また子。変人謀略家として暗躍する武市変平太……。奴らを抱きこんで、あの鬼兵隊を復活させたらしい」

「鬼兵隊……。攘夷戦争で高杉が率いていた義勇軍か」

ううむ、と唸る近藤に、土方が「ああ」と頷く。

「その名の通り、鬼のように強かったって話だ」

「今さらそんなものを作っていったい何をしようってつもりだ」

「おそらく強力な武装集団を作り、クーデターを起こすのが奴の狙い。近藤さん、アイツは危険だ」

土方の言葉に、沖田もうんうんと相槌（あいづち）を打つ。この土方という男、常日頃から相容（あいい）れない上司とは思っていたが、今日ばかりは同意見である。

「岡田似蔵ひとりであれだけ強いとなると厄介（やっかい）ですぜ。なにしろ万事屋の旦那がまったく歯が立たなかった」

「攘夷浪士を片づけてくれるだけなら一向に構わんが、クーデターとなれば話は別だ」

近藤が、土方にまっすぐ視線を向けた。

「トシ、奴らの情報を全力で集めろ」

「了解だ」煙草をくわえ土方は床から立ち上がる。

どうやら今回の件は、それなりに厄介な事件（ヤマ）に発展しそうだ。ひとつひとつ情報を探り、気がかりな事項を潰していく必要があるだろう。

道場を出ようとしたところで、土方は「それから近藤さん」と振り返る。

「……素振りは全裸じゃなくてもいいんじゃねえか？」

土方の指摘ももっともだった。なぜか近藤は生まれたままの姿で、木刀を振っていたのである。「ふんっ！　ふんっ！」と木刀を一振りするごとに、ぶらりと揺れる下半身の刀。

近藤勲（いさお）――劇場版だというのに、相変わらずモザイクが欠かせない男であった。

その船に乗りこむのは、神楽にとってさほど難しいことではなかった。
見張りの隙（すき）をつき、港から直接ぴょんと甲板に飛び乗るだけ。神楽レベルの常人離れした運動神経があれば、いともたやすく潜入できるのだ。
見れば、ひとりの男が甲板から月を見上げている。三味線を手にした、着流し姿の男だ。怪我でもしているのだろうか、左目を覆（おお）うように、額に包帯を巻いている。
神楽は男の後頭部に傘（かさ）の先端を突きつけ、「オイ」と声をかける。この傘は、内部に機関銃が仕込まれた特別製の代物（しろもの）なのだ。

「お前。この船の船員アルか？　ちょっと中、案内してもらおーか。頭ブチ抜かれたくなかったらな」

　しかし男は何も答えない。じっと月を見上げたまま、手にした三味線を弄んでいるだけだった。

「オイ、聞いてんのか」

「今夜はまた随分と、デケー月が出てるな」男がゆっくりと振り向いた。「かぐや姫でも降りてきそうな夜だと思っていたが、とんだじゃじゃ馬姫が降りてきたもんだ」

　男の鋭い隻眼が、神楽を見据える。

　この着流しの男、優男風の身なりではあるが、纏う空気は普通ではなかった。冷静さと激しい憤怒が同居しているような……危険な雰囲気の持ち主だ。相当な数の修羅場を経験していることは間違いない。

　――ヤバイ。コイツ、ヤバイ匂いがするアル。

　神楽がごくりと息を呑む。そのときだった。

「――――!?」

　ガァン！　と大きな破裂音が響いた。銃声だ。

考えるよりも先に神楽の身体は回避行動を取っていた。何者かに銃撃されている。背後から次々と、雨あられのように銃弾が浴びせられているのだ。

神楽は「ほっ！」と器用なステップで甲板を飛び回る。次々と撃ちこまれる銃弾を、ことごとく躱してみせた。

狙撃の主が「ちっ」と舌打ちをする。しびれを切らしたのだろう、神楽へと突撃を図ってきた。敵の得物は二丁拳銃。接近して確実に仕留める気でいるようだ。

二丁の拳銃から放たれる銃弾は、距離が縮むにつれ次第に神楽を追い詰めていく。回避に窮した神楽は、ついに体勢を崩してしまった。

敵の拳銃使い——そのミニスカ着物の女は、甲板に伏す神楽を険しい表情で見下ろしていた。その手に握られた拳銃は、至近距離から神楽の額を狙っている。

しかし神楽の反応も負けてはいなかった。女の顔面に、仕込み傘の銃口を突きつけていたのだ。

「貴様ァァ！　何者だァァァ!?」女が叫んだ。「晋助様を襲撃するとは、絶対に許さないっス！　銃を下ろせ！　この来島また子の早撃ちに勝てるとでも思ってんスかァ!?」

ミニスカを下から見上げながら、神楽が呟く。

「また子の股が見えてるヨ。シミツキパンツが丸見えネ」

「甘いっス！　注意を逸らすつもりっスか！　そんなん絶対ないもん！　毎日取り替えてるもん！」

「いやいや、シミついてるよぉぉ。きったねーな」

神楽はニヤリと口元を歪め、即興で変な歌を口ずさむ。

「また子のまたはシミだらけ〜。シミツキパンツのまた子さん〜〜」

「貴様ァァ！　これ以上晋助様の前で侮辱するのは許さないっス！」

ミニスカ女――来島また子は、着流しの男に哀願するような目を向けた。

「晋助様っ！　こんなガキの言うこと、絶対信じないでくださいね！」

しかし着流しの男は少しも表情を変えない。

神楽は調子に乗って、なおも言い募る。

「ねえねえ！　見てみ、これ！　シミすっげえの！」

「貴様！　人の股ぐらで鼻くそをほじるな！　毎日替えてんのに、どれ――」

と、また子が自分のミニスカを覗きこむ。

その隙を見逃す神楽ではなかった。また子に「おりゃあ！」っと足払いをかけ、彼女を

転倒させたのだ。

窮地を脱し、体勢を立て直す。神楽は船室目指し一目散に甲板を駆けだした。

背後でまた子が「このガキィィ！」と激昂する。

「武市先輩ィィ！　そっち行ったッス！」

そんな叫び声に呼応するように、神楽の頭上にスポットライトの光が落ちた。そしてその光を目印にして、大勢の浪人たちが神楽を取り囲む。

「皆さん、殺してはいけませんよ」

男の声が響き、神楽は頭上を見上げる。船室の屋根の上でスポットライトを操作していたのは、どこか冴えない風貌の中年男だった。

中年男はネットリとした視線を神楽に向けながら、

「女子供を殺めたとあっては、侍の名がすたりますよ。生かして捕らえるのですよ」

「先輩ィィ！　ロリコンも大概にするっス！」また子が声を荒らげた。「ここまで侵入されておきながら何を生温いことを！」

「ロリコンではありません。フェミニストです。敵といえども女性には優しく接するのがフェミの道というもの」

この男の名は、武市変平太。高杉の参謀であり、自称フェミニスト（年若い少女限定）である。

武市とまた子が愚にもつかない言い争いをしている中、神楽は周囲の攘夷浪士たちに猛然と襲いかかっていた。敵を次々と千切（ちぎ）っては投げ、仕込み傘をぶっ放し船室を目指し突き進んでいたのである。

「なんだァ、この小娘!?　やたら強いぞォォ!!」

敵の数がどれほどいようが、神楽はまったく怯（ひる）まない。「うおりゃあああああ」と仕込み傘を振り回しながら、浪士たちを蹴散らしていく。

「ヅラぁぁぁ！　どこアルかァァ!?　ここにいるんでしょォォ!!　いたら返事するアル!!」

叫んだそのとき、神楽の左肩に鋭い痛みが走った。続いて左足。

どうやらまた子に背後から銃撃されたようだ。弾丸が貫通し、血が噴き出している。

神楽は思わず、その場に倒れこんでしまう。

「今だァァ！　捕らえろォォ！」浪士がひとり、飛びかかってくる。

しかし、銃撃された程度で立ち止まるわけにはいかない。依頼人（エリザベス）のために、万事屋としての目的を果たさなければいけないのだ。

神楽は、近づく浪士を思いきり蹴飛ばし、

「ふんごををを!!」銃創の痛みを堪(こら)えながら、力任せになんとか立ち上がった。「ヅラあぁぁ！　待ってろよォォ！　今いくぞォォォ！」

そんな神楽のド根性に気圧(けお)されたのだろう。周囲の浪士たちは、「なんてガキだ」と目を見開いている。

船室までもう十数メートル。神楽はよたよたと歩を進める。

「いかん、工場の方に！」

血相を変えて追いかけてくる浪士たちに向け、神楽は傘に仕込んだ銃を乱射する。

しかしこの連中、どうしてここまで必死に追いすがってくるのだろう。工場と言っていたが、この先にいったい何があるというのだろうか。

船室に入った直後、神楽はその光景に息を呑んだ。

「なんだ……ココ」

そこはもはや、単なる客船の内部とは思えない場所だった。見たこともない複雑な機械(からくり)に覆われた、あまりにも異質な空間――。

そのときだった。背後で、がちゃりと撃鉄が上がる音がした。神楽のこめかみに、銃口が突きつけられていたのである。

「そいつを見ちゃあ、もう生かして帰せないな」

また子の冷徹な呟きと共に、銃声が響き渡った。

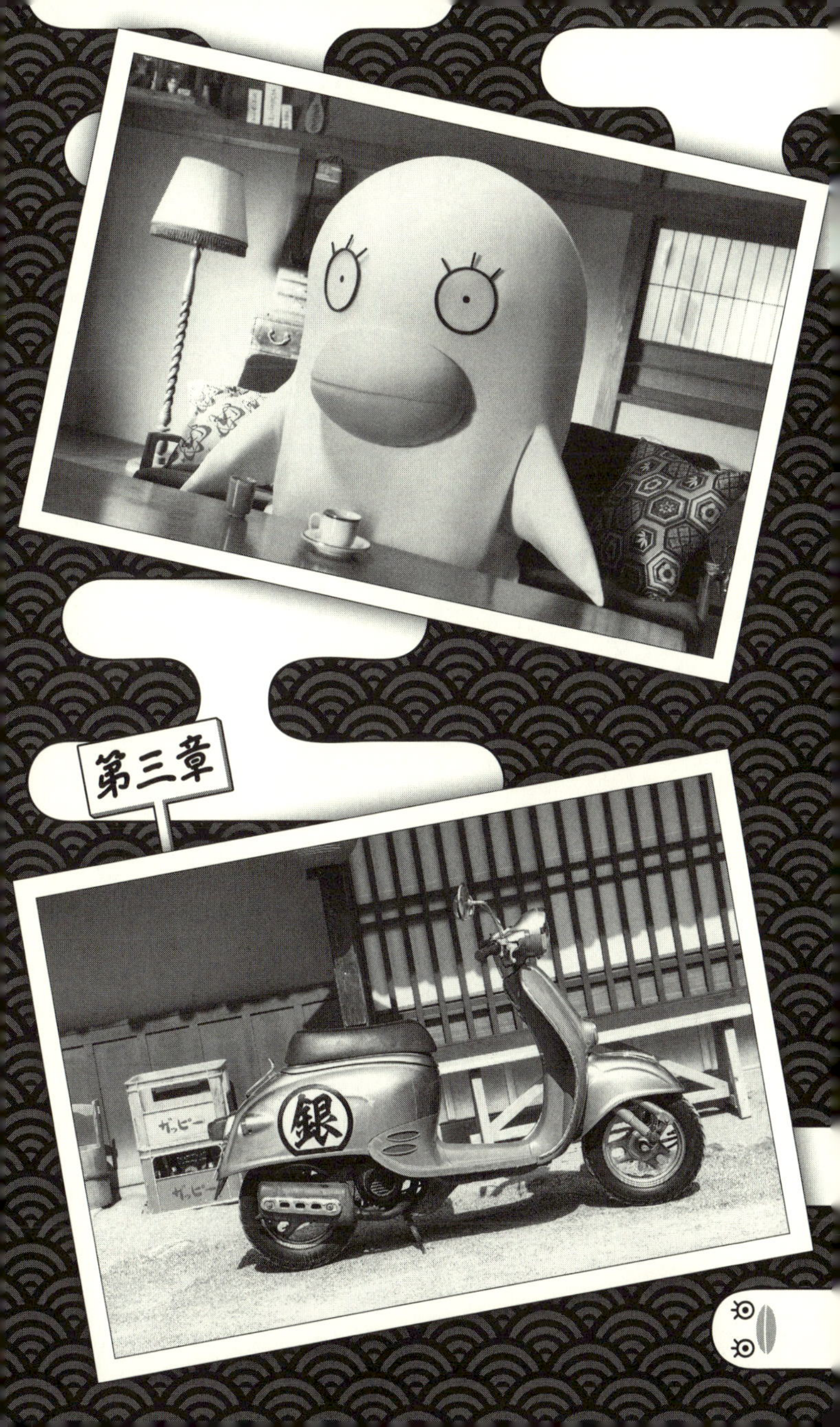
第三章
銀
ガッピー
ガッピー

松陽先生と最初に出会ったのは、どこかの戦場だった。

幼かった頃の自分は、ただその日を生きるだけで精一杯だった。刀一本を頼りに、敵を斬り、僅かな糧を得る。毎日その繰り返しだった。明日へと命を繋ぐために、必死に身を守ることしかできなかったのだ。

周囲を取り巻いていたのは、無数の屍だ。この手で築いた、死体の山。

死体に囲まれて蹲っていた自分を見つけたとき、先生はこう言った。

「自分を守るためだけに振るう剣なんて、もう、捨ててしまいなさい」

手渡されたのは、一冊の教本だった。自分にとっての新たな人生が始まったのは、紛れもなくその日からである。

「己を守るのではない。己の魂と大切な何かを守るために……」

先生の教えのおかげで、救われた者は多かったのだろう。もしかすると、自分もそのひとりだったかもしれない。

しかし――教えが尊いものだったからこそ、先生を奪われた哀しみに、深く囚われてしまった者もいる。

「銀時……」

片目を包帯で覆った男が、闇の中からこちらを睨みつけていた。

高杉晋助――その昏い熱を帯びた眼差しは、十年前から何も変わっていない。彼の手には、一振りの血塗られた刀があった。

「てめえには聞こえねえのか、この声が。俺には聞こえるぜ。俺の中にはいまだに黒い獣がのたうち回っているんでなァ……！」

おもむろに高杉の刀が突き出され、こちらのわき腹を穿った。灼けるような激痛が走り、口の端から血が零れる。自分には、それをどうすることもできなかった。

「俺はただ壊すだけだ。獣の呻きが止むまでなァ……！」

倒れたこちらを一瞥し、高杉は闇の中へと消えていく――。


「……んはっ!?」

銀時が目を覚ますと、馴染みの天井が見えた。ここは万事屋の寝室らしい。窓の方を見れば、大粒の雨が打ちつけている。

どうやら現在自分は、布団の中で仰向けになっているようだった。

「……あ痛つつつつ」

わき腹を押さえると、包帯の感触があった。

そういや昨夜、どてっ腹に風穴開けられたんだっけ——と、銀時は思い出す。

「あ」枕元に座っていた女が、顔を覗きこんできた。「気がつきました？　よかった〜」

新八の姉、お妙だ。

「全然動かないから、このまま死んじゃうのかしらって思ってたのよ。大丈夫ですか？」

大概暴力的な彼女にしては珍しいことに、何やら心配そうな表情を浮かべている。ねえ本当にこいつお妙なの？　他の作品のヒロインじゃないの？　と疑問に思ってしまうくらいに。

「意識しっかりしてます？　私のこと、わかります？」

「ゲロみたいな料理を作る女——」

銀時がそう口走った瞬間、彼女の鉄拳が飛んできた。怪我人相手にも容赦のないこの苛烈なドツキ、まさしくお妙である。

「……お前、なんでここにいんの？」鼻血を流しつつ、銀時が尋ねる。

「新ちゃんに頼まれたんです。看病してあげてって」

言いながらお妙は、なぜか薙刀を構えていた。先端の刃は鋭く輝き、今にも人を突き殺せそうである。

「……なんで看病する人が薙刀持ってんの？」

彼女はにこり、と頬を緩め、

「新ちゃんに頼まれたんです。絶対安静にさせて、出ていこうとしたら止めてくれって」

「止めるって何？　息の根？」

「ふふっ。面白い」お妙が意味深に目を細める。「冗談を言えるくらいになったのね。よかった」

「冗談かなあ……」

顔をしかめる銀時をよそに、お妙が脇に積まれたジャンプコミックスを一冊手に取った。

「はい、それじゃドラゴンボール読みましょうね～」

すうっと息を吸いこみ、彼女は朗読を始めた。

「ぐごごごごご……!!　どぉん！　どかぁぁん、ビシバシビシ！　ぐふっ！　どぉぉん！」――という具合に。

「擬音が多いなあ」銀時がため息をつく。

せめてもっと状況をわかりやすく説明してほしい。そう思わなくもなかったが、お妙は実に真剣な表情で朗読を続けていた。

突然カッと目を見開き、「オレが負けるかああああああっ！」などと叫ぶのだから、銀時もビックリである。思わず「フリーザやめて!?」と連呼してしまっていた。

周囲を見渡し、銀時は「アレ？」と首を傾(かし)げる。

「そういや、新八と神楽(かぐら)はどうした？」

「用事でちょっと出てます」

「用事って何よ」

「いいからいいから。怪我人は寝ててください」

なんだかお妙の態度は、何かを隠しているようだった。これは怪しい。

そういえば新八もあのとき、「桂(かつら)を斬った」という岡田(おかだ)の言葉を聞いていたはずだった。

もしかするとあのふたり、勝手に危険なことに首を突っこんでいるのかもしれない。

「あいつら、ヅラを――」

居（い）ても立ってもいられず、銀時は上体を起こそうとしたのだが。

「動くなっつってんだろ！」

ドスの効いた言葉と共に、銀時の股間（こかん）に思いきり薙刀が突き刺された。

「!?」と息を呑（の）む銀時。咄嗟（とっさ）に足を開いて避（よ）けられたからいいものの、あと数センチずれていたら大変なことになっていた。

「傷口開いたらどーすんだコノヤロー」お妙がガンを飛ばしてくる。

動いたら殺す。彼女の目がそう言っている。冗談ではなく、本気で息の根を止められてもおかしくない凄（すご）みがあった。銀時の額（ひたい）に脂汗（あぶらあせ）が浮かぶ。

その直後、お妙は表情を一切変えず、舌を出してみせた。

「……なんちゃって、てへぺろ」

「なんちゃってじゃないよね。完全に本気だったよね、今の」

「てへぺろ」

「笑ってないじゃん。真顔（まがお）でやるもんじゃないからね、これ」

雨の降る町の中を、新八はひとり傘を差して歩き回っていた。銀時の読み通り、新八は独断で岡田の行方を追っていたのである。

とはいえ江戸も広い。辻斬りの潜伏場所などどこにでもあるのだ。闇雲に探していても、ただ時間を浪費するだけだろう。

せめて神楽ちゃんや定春と合流できればいいんだけど——と新八がため息をついていると、どこからともなく「アウ〜ン」と犬の鳴き声が聞こえてくる。

この間延びした声は、定春のものだろう。声のする路地裏に行ってみると、定春が「ハッハッハ」と舌を出してメス犬と夢中で遊んでいた。

「定春……」

こっちは心配していたというのに、呑気なものである。

定春は新八と合流するなり、「わん」とひと鳴きして先に歩きだした。ついてこい、と新八に言っているようだ。

「もっと早く僕が助けに行ってたら、あんなことには……ま、一緒かもしれないし、つか僕も死んでたかもしんないし……」

道すがら、新八は定春に人斬り似蔵との一件を語り聞かせていた。

銀時はあれでも、万事屋の大黒柱なのだ。その銀時がやられてしまったのだから、万事屋にとっては大ピンチな状況だと言わざるを得ない。

「エリザベス斬られちゃったのに、いなくなってた。宇宙生物って死ぬと消えるのかな……?　ねえ?」

ひとしきり呟いてみた後で、新八は「お前に聞いてもわかんないか」と肩を落とす。

そのまま少し歩くと、港に出た。目の前には大きな和風の客船が見える。

「なんだ、このデカい船は?」

その船の見張りなのか、柄の悪い浪人風の男たちが周囲をうろついていた。なんだか物々しい雰囲気だ。

客船を見上げるような位置で、定春が足を止めた。

「ここに……桂さんの匂いが?」

「わん」頷（うなず）く定春。

「となると神楽ちゃんはもう中に……まずい、助けに行かないと」

あの子のことだから心配ないとは思うが、別れてからかなりの時間が経過しているのだ。

なんらかのトラブルに巻きこまれてしまっている可能性はある。

「でもどうやって忍びこめばいいんだ？　浪人がうようよいるし、怖そうな人ばっかりだよ……」

　そのとき、背後から「おい」と声をかけられる。

「ガキとでかい犬。ここで何してる」

浪人風の男が、怪訝（けげん）そうな様子で新八を睨（にら）みつけていた。

しまった……！　これから乗りこもうという矢先に見つかってしまうなんて。ここはなんとか誤魔化（ごまか）さなければ……！

「あ、あの……大きい船、かっこいいなあって」

「だろ？　かっこいいだろ？」満足そうに男が頷く。

「乗りたいなあ。僕、昔から古代進（こだいすすむ）に憧れてたんですよ」

「うっそ！　マジで？　俺は島大介（しまだいすけ）派」

ヤマトファンなのか、話に食いついてきた。新八は心の中でガッツポーズを決める。

「あ、そっち!?　うわあ、いいなあ、乗りたいなあ！」

「よし、古代よ、波動砲(はどうほう)を撃てるのはお前しかいない」

「その通りだ。島、案内してくれ」きりっと眉をいからせ、新八が応(こた)える。

「よし、こっちだ」

「ヨーソロー！」

まるで地球の命運をかけてイスカンダルへ向かうクルーのごときシリアスな表情を浮かべ、男は船に向かい歩きだす。このまま上手(うま)く船の内部に侵入できるかも、と新八は思ったのだが。

「――って、乗せるかーいっ！」男が怒鳴り声を上げた。

「あ、ノリツッコミきた！　ノリツッコミ！」

志村(しむら)新八、これでも原作ではツッコミの大家である。自分にツッコミを入れてきたモブ男に、ツッコミ指導をしてしまう。

「いや、しかし引っ張りましたねノリツッコミ。僕的にはもうちょっと早く――」

「黙れメガネ！　てめえみたいなガキにノリツッコミのタイミング、ダメ出しされる筋合

いはねえんだよ！」

男に「去れェェェ！」と怒鳴られ、新八は苦笑いを浮かべて退散する。

まあ。予想はしていたが、そう簡単に潜入することはできないようだった。

「かなりガードが堅いな……。どうしよう。早くしないと神楽ちゃんまで……。とはいえ、銀さんに話すわけにもいかないし……」

新八は定春を連れ、ひとまず物陰に隠れる。

さて、どうやってあの船に侵入したものだろうか。


隙あらば布団から脱出を図ろうとする銀時に、お妙は辟易していた。

新八や神楽を心配するのはわかるが、これだけの重傷なのだ。今は快復に努めてほしい。

トイレを理由に逃げないよう、お妙が尿瓶代わりのペットボトルを準備していたそのとき、ピンポン、と玄関のチャイムが鳴る音がした。

銀時は「ああ」と顔をしかめながら、「家賃だわ。払ってきて」

お妙は「はい」と、銀時に向かって手のひらを差し出したのだが、

「立て替えでよろしく」この男、そんなことを言い放つのだ。

「嫌です」

「怪我してんだよ！　『怪我人に立て替え』ってことわざあるでしょ」

「聞いたことないです」

「じゃあ……上手いこと言って追い返して」

どうしようもない貧乏侍だった。お妙は「はいはい」と、ため息交じりに玄関に赴く。

「はーい」と引き戸を開けると、そこにいたのは額に鉢巻を巻いた職人風の女の子。鍛冶屋の鉄子である。

彼女はなにやら、もじもじとお妙の表情を窺っている。

「あら。お登勢さんじゃなかった」

鉄子はぺこりと頭を下げたきり、何も言おうとしない。

「何かご用？」お妙が首を傾げる。

「あの……」

「あのォ、銀さんなら今は……」

お妙がそう言いかけたとき、

「ここにいるぜー」と背後から声がした。銀時が起き上がって、玄関まで来ていた。

「おー、入れや。来ると思ってたぜ」

鉄子はきょとん、とした表情で、銀時の顔を見つめていた。

港に停泊する客船――その中に、岡田似蔵のために設えられた和室がある。

岡田は床に腰を下ろし、片手で身体に包帯を巻いていた。白夜叉との戦闘に集中していたとはいえ、まさかあんな子供に右腕を落とされることになるとは……まるで思ってもみなかった。

殺し合いは何が起こるかわからない。だからこそ岡田は、愉悦を感じるのだ。

しかしどうも、高杉配下の同胞たちとはそういう感覚を共有できないようで、

「――こっ酷くやられたもんですねえ」

手当をする岡田を見下ろしながら、武市変平太がため息をついた。

「紅桜を勝手に持ち出し、さらにそれほどの深手を負わされ逃げ帰ってくるとは。腹を切る覚悟はできていますよね、岡田さん」

「片手落とされてもコイツを持ち帰ってきた勤勉さを褒めてもらいたいもんだよ」

傍らに置かれた紅桜に目を落とし、岡田が笑う。

「コイツにもいい経験になったと思うんだがねェ」

「アンタの最近の身勝手ぶりは目に余るものがあるッス」

岡田に訝しげな目を向けていたのは、来島また子も同じだった。

「幕府の犬に紅桜の存在を知られたらどうするつもりスか？　現に坂田とやり合ったとき、真選組の野郎がいたんでしょ？　アンタ、晋助様の邪魔なんスよ！」

また子が「ったく」と舌打ちして続ける。

「桂の次は坂田。晋助様を刺激するような奴ばっか狙って、いったい何考えてんスか？　あんた、自分が強くなったとでも思ってんスか？　勘違い甚だしいっスよ。あんたが桂と坂田に勝てたのは、すべて紅桜の――」

と、そのときだ。岡田の左腕から管状の触手が伸びる。機械の管はグルグルとまた子の首に巻きつき、思いきり絞め上げた。触手はそのまま、また子の身体を宙へ持ち上げてしまう。

気道を圧迫されているのだろう。また子が「ぐうっ」と唸り声を上げた。

「おっと、悪く思わないでくれよ。俺じゃないよ」岡田が笑う。「紅桜がやっていることさね。最近はすっかり侵食が進んでるみたいでね。もう俺の身体を自分のものと思っているらしい。俺への言動は気をつけた方がいい」

武市とまた子が、まるで化け物を見るような目で岡田を見ていた。

それでいい、と岡田は思う。もはや自分はまごうことなき化け物なのだ。本気でこの国を壊すつもりなら、化け物でなければ務まらない。自分や、高杉のような。

万事屋の応接室のソファーに座り、銀時が口を開いた。
「本当のこと、話しに来てくれたんだろ」
対面に座るのは鍛冶屋の村田鉄子だ。彼女はじっとテーブルに目を落としたまま、口を開かない。

なんだか重々しい雰囲気だった。詳しい事情を知らないお妙としては、どう口を挟んでいいかもわからないのだ。

「この期に及んで妖刀なんて言い方で誤魔化すのはナシだぜ」

鉄子を見据え、銀時が問う。

「ありゃなんだ。誰が作った、あんな化け物」

紅桜の触手から解放されたまた子が、床にドサリと倒れこむ。圧迫されていた喉を押さえながらゲホゲホと咳きこんでいた。

「岡田さん、あなた……」武市が岡田を睨みつける。

「どうにも邪魔でねェ」紅桜を手に、岡田が呟いた。「俺たちァ、高杉とこの腐った国でひと暴れしてやろうと集まった輩だ。いわば伝説になろうとしてるわけじゃないかィ。それをいつまでもキラキラとねェ……目障りなんだよ」

〝狂乱の貴公子〟桂小太郎と、〝白夜叉〟坂田銀時。かつての攘夷戦争の英雄たちは、どちらもこの紅桜の前に倒れた。これからの時代を作るのは、あんな名ばかりの連中ではないのだ。

「邪魔なんだよ、奴ら。そろそろ古い伝説には朽ち果ててもらって、その上に新しい伝説を打ち立てるときじゃないかィ？」

岡田はにいっと唇を歪(ゆが)め、武市に言う。

「あのひとの隣にいるのはもう奴らじゃない。俺たちなんだ……！」

「……紅桜とは」銀時を見つめ、鉄子が語りだした。「私の父が打った紅桜を雛型(ひながた)に作られた、対戦艦用機械(からくり)機動兵器。『電魄(でんぱく)』と呼ばれる人工知能を有し、使用者に寄生することでその身体をも操る。戦闘の経緯をデータ化し、学習を積むことでその能力を向上させていく……まさに生きた刀」

なにやら難しいその話を、お妙は黙って聞いていた。人間に寄生したり、学習したりする刀なんて、本当にこの世にあるのだろうか。

隣に座る銀時など、「なにそれ」と鼻で笑っている。

「寄生獣じゃん！　そのうち刀が喋りだすんじゃないの!?　『私はミギーだ』って名乗りだすんじゃないの？」

そんな銀時の軽口に対しても、鉄子は一切表情を変えない。

「あんなもんを作れるのは江戸にはひとりしかいない」

じいっと銀時を見つめた後、鉄子は「頼む」と、深く頭を下げた。

「兄者を止めてくれ。連中は、高杉は、紅桜を使って江戸を火の海にするつもりなんだ」


鉄子が万事屋で頭を下げていた頃――。

その兄、村田鉄矢は高杉の船の内部にいた。

ここは工場区画。床や壁には幾筋ものコードが這っており、巨大な円筒形のカプセルが立ち並んでいる。それぞれのカプセルの中で培養されているのは、鈍く光る鋼鉄製の刃。

これらはそれぞれ、妖刀・紅桜の刀身となる代物なのだ。

この工場区画の存在を知るのは、高杉一派を除けば、先日捕らえられたチャイナ娘くらいのものである。港に停泊している客船の中にこんな物騒な兵器工場が存在するなど、他の江戸町民は誰ひとり気づいていまい。

「酔狂な話じゃねーか」

村田の隣に立つ着流し姿の男――高杉が、カプセルを見上げて口を開いた。

「大砲ブっぱなしてドンパチやる時代に、こんな刀作るたァ」

そう。この区画では、村田の作り上げた紅桜が大量に生産されている。

岡田に預けたプロトタイプでさえ、攘夷戦争の英雄をふたりも討ち取る戦果を挙げるに至った。これだけの本数の紅桜が量産された暁には、間違いなくこの国の在りようは変わることになるだろう。

村田も大口を開けながら、

「そいつで幕府を転覆させるなどと大法螺吹く貴殿も、充分酔狂と思うがな！」

「法螺を実現してみせる法螺吹きが英傑と呼ばれるのさ」

高杉が、ふっと笑みを浮かべる。

「俺はできねー法螺は吹かねー。侍も剣もまだまだ滅んじゃいねーってことを見せつけてやろうじゃねえか」

「貴様らが何を企み、何を成そうとしているかなど興味はない！　刀匠はただ斬れる刀を作るのみっ！」

そう。この刀は最高傑作なのだ。父・仁鉄の打った剣など、遥かに凌駕する代物のはず。妖刀を生み出す巨大カプセルに手のひらを添え、村田は叫んだ。

「私に言えることはただひとつ！　この紅桜に斬れぬものはない！」

鉄子が顔を上げる。

目の前の万事屋は顔色を変えず「事情は知らんが」と呟いた。

「おめえの兄ちゃん、とんでもねーことに関わってるみたいだな」

とんでもないこと……確かにそうだろう。兄は自分の打った刀を辻斬りの手に渡し、その結果を利用して研究を続けているのだ。辻斬りと同罪、あるいはそれ以上かもしれない。

「で？　俺はさしずめ、その兄ちゃんにダシに使われちまったってわけか。妖刀を探せっ

てのも要はその妖刀に俺の血を吸わせるためだったんだろ？　それとも俺に恨みを持つ似蔵に頼まれたか……。いや、その両方か」

銀時が肩を竦め、鉄子を見つめる。

「にしても、ひでー話じゃねえか。お前、全部知ってたんだろ？」

どう答えていいかわからず、鉄子は押し黙る他なかった。

それでも銀時は、被せるように続ける。

「兄ちゃんの目的を知ってた上で黙ってたんだろ？　それで今さら兄ちゃんをなんとかしてくれって？　お前のツラの皮はタウンページですか？」

「わかりにくいたとえ、やめて」銀時の脇に座るお妙が眉をひそめた。

「……スマン、返す言葉もない」鉄子がもう一度頭を下げる。「アンタの言う通り、全部知ってた。だが、事が露見すれば兄者はタダでは済むまいと……。今まで誰にも言えんかった」

「たいそう兄思いの妹だねえ。兄ちゃんが人殺しに加担してるってのに、見て見ぬフリですかい」

お妙も、さすがに言い過ぎだと思ったのだろう。「銀さん！」と窘める。

しかし、この男にはそれを言う権利がある。鉄子はそれを痛いほど自覚していた。

「『刀なんぞはしょせん人斬り包丁だ。どんなに精魂こめて打とうが使う相手は選べん』……。死んだ父がよく言っていた。私たちの身体に染みついている言葉だ」

いつも難しい顔をしながら、鍛冶場で黙々と鉄を打っていた父・村田仁鉄。鉄矢と鉄子は、そんな男の背中を見て育ってきたのである。

「兄者は刀を打つことしか知らぬバカだ。父を超えようといつも必死に鉄を打っていた」

脳裏に蘇るのは、父が亡くなったすぐ後のこと。鍛冶屋の跡を継ぎ、毎日遅くまで遮二無二鉄を打っていた兄・鉄矢の姿だった。

少しでもいいものを作ろうと、兄が日々努力をしていたのはわかる。だが、その評価は父には及ばなかった。兄の作品が受け入れられるには、まだ時間と研鑽が足りなかったのだろう。

鍛冶屋を訪れる町人たちも、

「先代の仁鉄さんには遠く及ばないねえ」「まあ、あんな人を匠って言うんだろうなあ」

「息子にゃあ、無理かなあ」

そんなことを言って、誰も彼もが兄の作品を見限っていった。

当時の兄は、酷く悔しかったのだと思う。父親を超えるために、手段を選ばなくなってしまったのだから。

自分の手を見つめながら、鉄子は続ける。

「やがてより大きな力を求めて機械まで研究しだした。妙な連中と付き合いだしたのはその頃だ。連中がよからぬ輩だということは薄々勘づいてはいたが、私は止めなかった。私たちは何も考えずに刀を打っていればいい。それが私たちの仕事なんだって……」

兄がテロリストから大金を受け取っている姿だって、実際目にしたことがある。なのに自分は「それが刀工として必要なことなら」という言い訳を盾に、見て見ぬふりをしてきたのだ。

そういう意味では、自分だって罰せられるべき人間なのだろう。

「わかってたんだ。人斬り包丁だって。あんなもの、ただの人殺しの道具だって。わかってるんだ。なのに……悔しくて仕方ない」

目の端から熱い雫が零れるのを、鉄子は堪えることができなかった。

「兄者が必死に作ったあの刀をあんなことに使われるのは、悔しくて仕方ない。でも、もう、事は私ひとりでは止められないところまで来てしまった。どうしたらいいか、わからないんだ。どうしたらいいいか……」

「どうしていいかわからんのは、こっちも同じだ」

それまで黙っていた銀時が、ゆっくりと腰を上げた。

「こんな怪我するわ、ツレはやられるわで、頭ん中、ごっちゃごっちゃなんだよ」

銀時が不機嫌そうな表情で、「オラッ」と鉄子の前に封筒を放り投げる。それは先ほど、鉄子がお詫(わ)びとして持参してきたものだった。

「こんな慰謝料もいらねーからよ。さっさと帰ってくれ。もうメンドーはご免なんだよ」

吐き捨てるようにそれだけ言って、銀時は応接間から出ていく。

鉄子にはもはや、返す言葉もなかった。紅桜の一件で、自分たちは彼にあれだけ迷惑をかけたのだ。罵(のの)られたとしても仕方がない。

「銀さん……」

お妙もまた、いたたまれない表情で銀時の背を見送っていた。

来島また子は喉元を擦(さす)りながら、艦内をふらふらと歩いていた。

「くっそぉ。岡田の野郎。調子に乗りやがって……」

先ほど紅桜に絞め上げられたせいで、いまだに呼吸が覚束(おぼつか)ない。

あの刀、あまりにもキケンだ。持ち主の意思すら乗っ取ってしまう刀だなんて、冗談じゃなく化け物そのものではないか。

あんなものを晋助様の近くに置いておいて、本当に大丈夫なのだろうか――また子が思案に暮れていると、

「もっと持ってこいやあああああ！」

食堂の方から、少女の甲高い声が響いた。あのやかましい声は、昨夜甲板で大暴れしていたチャイナ娘だ。身体に何発か鉛玉をぶちこんでやったはずなのに、なぜかピンピンしている。しかもまた騒ぎ始めているらしい。

また子は気になって、食堂を覗(のぞ)きこんでみた。するとなんと、そのチャイナ娘がついているテーブルの上には、空(から)のラーメンどんぶりが山と積み上げられているではないか。

「さっさとおかわり持ってくるアル――――！」

「何してんだ、この小娘！」思わず声を荒らげてしまった。

首輪で自由を奪われているにもかかわらず、チャイナ娘はひたすらラーメンを口の中へと流しこんでいたのである。

「おかわりアル――――っ!」

そしてなぜかそんな状況を、先輩攘夷志士が微笑ましい視線で見守っているのだ。もうまったくもって謎である。

「何してんスかっ!?」また子が叫ぶ。

先輩・武市はチャイナ娘をじっと見つめながら「いやあ」と感慨深く頷いていた。

「この年頃の女性は食べている姿がもっとも美しい。ひとり飯は寂しかろうから、こんな風にしちゃいました」

よくよく見れば、食堂にはチャイナ娘の他にもラーメンと格闘する数人の女の姿があった。誰も彼もが早食いに慣れた雰囲気、プロのフードファイターだろうか。

そう。食堂は今まさに、『TVチャン●オン』を彷彿とさせるような、ラーメン大食いバトルが繰り広げられていたのである。

オジサン司会者がチャイナ娘のどんぶりに網じゃくしを突っこみ、「はい、オッケェェエエイ!」と叫ぶ。しっかり麺を食べきっていることを確認したのだ。

「神楽ちゃん、なんと三十八杯目に突入！　断トツのトップです！」

　マイク片手に大食い勝負を実況しているオジサンは、長年番組でお馴染みだったあの司会者……だろうか。こんな小ネタのために、番組を引退したはずの中村ゆうじさん連れてきちゃうとか、この実写劇場版やりたい放題し過ぎっスよ――と、また子はため息をつく。

「このままじゃこの船に備蓄してる食糧、全部食われますよっ！　さっさと殺してくださいよ！」

「何の情報も吐かせてないのに殺してどうするんですか？」

　この変態、また子に向けては厳しく顔をしかめるくせに、チャイナ娘にはどうしようもなく優しかった。「おかわりアルー！」と元気よく叫ぶ彼女の姿を見て、「ああ、もう……！　神楽ちゃん、もうおかわりなの？」と気持ちの悪い笑みを浮かべている。

「なんなら先輩から先に殺しましょうか」

「落ち着きなさいな。なにしろこの年頃の娘は、あと二、三年したら一番輝く」

「ロリコンも大概にしてくださいよ、先輩」

「ロリコンじゃない。フェミニストです」

「どうでもいいけど、このＴＶチャン●オン状態、どうにかしてもらっていいスか？」

これじゃ真面目な会話もできやしない。また子はごく真っ当な常識を主張したはずなのだが、武市はまるで聞く耳を持たない。

この男、ひたすらチャイナ娘をガン見しながら、

「ご覧なさいな。一夜にしてあなたに撃たれた傷も塞がっているし、それにあの尋常ならざる剛力、そしてあの白い肌……水をばんばん弾く、もちもちとした、あの肌っ……！」

「先輩、マジいい加減にして」

「だからフェミニストだって言ってんじゃん！　子供好きの！」

「だからそれをロリコンって言うんスよ！」

そんな苦言を呈するまた子に対し、武市は「もういいですよ」と毛虫を見るような目を向けた。

「あなたには理解できそうにないから。バカが」

「オメーがバカ」

「アレですよ。私が言っているのは、これは『夜兎』の特徴と一致しているということですよ。死ね」

この男と話すといつも暴言の応酬になるから困る。また子は「おめえが死ね」と舌打ち

しつつ、本題を続けることにした。

「夜兎ってあの傭兵部族『夜兎』っスか？　ってことは晋助様を狙ったプロの殺し屋ってワケっスか!?　いったい、どこの回しもんスか？」

「それが何を聞いても『ヅラ』しか言わないズラ。もしかしたらコマさんなのかもしれません」

なんでも妖怪のせいにすればいいとでも思っているのだろうか、この変態は。

「先輩が舐められてるだけっスよ。見ててください。こんな小娘、ひと捻りっす」

武市を押しのけ、また子がチャイナ娘の前に立った。

「おい！　貴様――」

と、そのときだ。チャイナ娘が、にんまりとなにやら意地の悪い笑みを浮かべた。

何をするのかと思えば、ラーメンを頬張っていた彼女の口から、二枚のなるとが勢いよく吐き出されたではないか。

そしてその二枚のなるとは、ちょうどまた子の両頬に貼りついてしまう。自分では見る術もないが、両方の頬っぺたにぐるぐるマークってコレ……。

「ありゃりゃ～。バカボンだ」武市が鼻で笑う。「こりゃあの、世に言うバカボンだね、神楽ちゃん」

「てめえェェ！　ぶっ殺すっっっ！」

　また子は怒りに任せ、チャイナ娘に飛びかかろうとしたのだが、後ろから武市の手で羽交い絞めにされてしまった。

「まあまあ。あと二、三年経ったら凄いことになるんだって……」

「止めないでください！　武市変態！」

「変態じゃないよ？　先輩だよ？」


　その頃万事屋では、銀時が寝室の布団に寝ころびながら天井を見上げていた。

　銀時の枕元に座るお妙は、「安心しました」と少しだけ頬を綻ばせる。

「あ？」

「行くんじゃないかと思ったから。そんな身体でも」

　銀時が「ふん」と、鼻を鳴らす。

「そんな身体で行っても死んじゃいますもんね」

「そうだな」

「あの女の子には申し訳ないけど、仕方ないですよね」

「そうだな」

会話するのも面倒臭そうに、銀時はゴロリとお妙に背を向けた。痛々しく包帯の巻かれたその身体を見つめていると、ついため息が零れてしまう。

なにせこの男ときたら、いつもいつも無鉄砲なことをやらかすのだ。相手が何だろうと我が身を省みず、結局最後には自分の魂を貫いてしまう。

坂田銀時という男は、どうしようもないほどに〝侍〟なのだ。

「……銀さん」お妙が呟く。

「あ？」

「あんまり無茶するのはもうやめてくださいね。銀さんがいなくなったら新ちゃんも神楽ちゃんも困りますからね」

「そうだな」

「昔は銀さんもいろいろとヤンチャやってたようだけど、もうそんなことする歳じゃないですもんね」

「しつけーんだよコノヤロー！」むっとしつつ、銀時が上半身を起こした。「もうどこにも行かねーから、ジャンプ買ってこい！　角(かど)の駄菓子屋だったら土曜日に売ってるから！」

「ハイハイ、わかりました」

それだけ返事をして、お妙は寝室を出ていく。

雨足はいくぶん弱まったものの、かぶき町の大通りには、いぜん小雨がしとしとと降り続いている。そんな中を鍛冶屋へと戻る鉄子の足取りは、鉛のように重い。

やはりと言うべきか、万事屋に力を貸してもらうことはできなかった。命に関わる迷惑をかけてしまったのだから、その反応は当たり前と言えば当たり前なのだけれど。

ではいったい、どうすればいいのか。果たして自分の力だけで、紅桜を——兄の暴走を止めることができるのだろうか。

いくら頭を捻ったとしても、答えは見つかりそうになかった。しょせん自分は鉄を打つことしかできない女だ。人斬りやテロリストの相手をするのは無理なのだ。

そんなことをつらつらと考えながら歩いていたせいか、通行人に肩がぶつかる。その拍子に、鉄子の懐（ふところ）から封筒が落ちてしまった。

先ほど銀時に突き返された、慰謝料の入った封筒――。拾い上げようと腰をかがめると、封筒の口から見知らぬ紙切れが飛び出しているのが見えた。

そこに書かれていたのは、『鍛冶屋で待ってろ　万事屋』という手書きのメッセージ。

鉄子は目を見開いた。

寝室からお妙が去るのを見届けたのち、銀時はゆっくりと立ち上がる。
「……すまねえな」
痛む身体を押して、そっと部屋を出る。お妙の姿はない。
騙（だま）すような形になってしまったが、こうでもしなければ外には出られないのだ。こんなところ、お妙に見つかったらまた文句を言われてしまうだろう。

「俺だっていい歳こいてヤンチャなんてしたかねえけどよ……」

と、そのとき。玄関口に何かが置いてあるのが目に入った。折り目正しくきちんと畳まれた、いつもの銀時の一張羅。それと、可愛らしいウサギ柄がプリントされた、女物の番傘だ。

その脇には、置手紙が添えられていた。

『私のお気に入りの傘、あとでちゃんと返してくださいね』

どうやらこちらの考えていることなど、お妙には最初からお見通しだったらしい。

銀時は「ちっ」と舌打ちし、後ろ頭を掻きむしる。

「かわいくねー女」


お妙が万事屋の応接室の窓から通りを見下ろしていると、見慣れたウサギ柄の傘が開くのが目に入った。

なんて不器用な生き方しかできないひとなんだろう。

思った通りあのひとは、こんな状況で大人しく寝ていることなどできなかったようだ。

「バカな男(ひと)」お妙はため息をつく。


銀時のいない寝室に戻り、お妙は「ふう」と腰を下ろす。

果たしてあのひとは無事に帰ってくるだろうか。新ちゃんや神楽ちゃんは無事でいるだろうか——。お妙がそんなことを考えていると、近くの畳が一枚、突然持ち上がった。

「ひっ!?」

畳の下から這い出てきたのは、ドヤ顔を浮かべた真選組の制服の男。

「……全部聞かせてもらいました」

近藤(ゴリラ)である。このストーカーゴリラ、またしても性懲(しょうこ)りもなく床下に潜(ひそ)んでいたらしい。

自分がヒーローであるとでも信じこんでいるのか、ムカつくほどに爽(さわ)やかな笑顔を浮かべている。

ここ数ページのシリアスシーンが台無し。お妙は怒鳴り声を上げた。

「なんでカッコイイ顔して言ってんだよっ！　お前、警察官だろ？　なあ！　やっていいことと悪いことわかってるよなァァ！」

「すべては……お妙さん。あなたのためだ」

「だから！　完全に犯罪行為しといて、ちょいとキメ顔とかしてんじゃねえって！」

「あとは我々真選組にお任せください！」

近藤（こんどう）が立ち上がり、戸口に向かう。その途中何を思ったのか、お妙の方を振り向き、不敵に白い歯を見せてきた。非常にウザい。

「いや、かっこよくねえよゴリラ！」

　しかも今度はダメ押しと言わんばかりに、両手を広げ、首をクイッと回すようなポーズを取る。まさに中村勘九郎（なかむらかんくろう）ばりの歌舞伎（かぶき）の見得（みえ）だった。

「あ、真選組にィ〜、お任せ——」

「そゆのいいから！　早く行けや！」

お妙は頭を抱える。こっちは違う意味で、バカな男。いや、バカなゴリラか。

第四章
ここはやばい。
早く逃げろ

姉がストーカーゴリラに悩まされていた頃、弟・新八もまた厄介な問題に直面していた。

桂や神楽は目の前の巨大客船の内部にいる可能性が高い。しかし、浪人風の荒くれ者たちが多数警備している船に、真っ向から乗りこむわけにもいかないだろう。

そこで新八がとった作戦は、変装であった。質素な着物に風呂敷包みを背負った、ザ・浪人スタイルに着替えてきたのである。見張りと似たような装いをして、船に乗りこむという寸法だ。

あまり上策ではないかもしれないが、悠長にしている時間もない。定春が物陰から不安げな眼差しを送ってくる中、新八は乗船用の階段を目指して歩きだす。

どうかバレませんように――。目立たないよう、新八は細心の注意を払っていたのだが、

「ん?　オイてめえ、見ない顔だな」

船に近づくなり、怖い顔の見張りに睨まれてしまった。

心臓はもうばっくばく。新八は苦し紛れに愛想笑いを浮かべてみる。

「お、俺だよ！　オレオレ〜〜」

「………あ、お前かあ！　わりぃわりぃ！」

なんと見張りの男は、「ははは」と笑いつつスルーしてしまった。

大方、「知り合いであるはずの相手をド忘れしたのがバレるのが申し訳ないので、笑って誤魔化してみた」という心境なのだろう。よかった。バレてない。

気を取り直し、船室の方に向かって進んでいく。すると、十歩も歩かないうちにまたしても別の男から声をかけられてしまった。

「なんだ貴様。ここの者じゃねえな」

そんなに見た目が浮いているのだろうか。こうなればとことん、力技で押しきるしかない。新八は再度、にこやかな笑みを見せた。

「お、俺だよぉぉ。オレオレ〜〜」

「………あ、お前か〜〜！　ゴメンゴメン」

二人目もセーフ。こうなるとむしろ、こっちの方が驚いてしまう。

「意外とイケるんだなあ。おばあちゃん騙されるの、わかるわ……」

と言いつつ新八は船に乗りこんでいく。

その頃、坂田銀時もまた、紅桜との決戦に向けての準備を進めていた。

銀時がまず向かったのは、町はずれにある工場〝源外庵〟である。

「どーもー」

「おおお！　なんだなんだ、万事屋！　珍しいじゃねえか」

出迎えたのは、ゴーグルに作業着姿の老人である。

江戸一番の機械技師、平賀源外。人懐っこい笑みを浮かべてはいるが、彼はとてつもない技術力を持った発明家なのだ。

実際、今も発明に精を出していたのだろう。その手元では、なにやら複雑な電気回路がバチバチと火花を散らしていた。

「あのね、率直に言っていい？」

銀時の問いに、源外が「いい」と頷く。

「これからね、機械みたいな……つか、恐ろしい機械の刀持った奴と戦いに行くんだけど。

侍映画とかだと怪我をした身体を押してあえて行くわけじゃん？　唐獅子牡丹！　的な場面なんだけど、正直勝てる気がしないわけ」

「なるほど」源外がにいっと口の端を吊り上げる。「それでワシの機械に頼りたいというわけだな！」

「うん。正直、結構痛いの。怪我が。楽して勝てるやつあればなあと思ってね」

「楽して勝ちたいのか。侍映画の主人公が一〇〇パー言っちゃいけない台詞吐いてるな」

「うん、吐いた。楽して勝ちたい。命が惜しい。生きたい。信長の倍は生きたい。頼む」

「おいおい。ヒーローが言っちゃいけないセリフが湯水のごとく出てくるねえ」

呆れて肩を竦める源外だったが、本心なのだから仕方がない。ヒロイックな正統派主人公の活躍が見たければ、他の侍映画を観た方がいい。『るろ剣』とか。

ふと、銀時が何の気なしに傍らにあった布を引っ張ると、

「うわっ!?」

するするっと布が床に落ち、巨大な機械が姿を現した。全長二十メートル近くはありそうな人型ロボットだ。カラーリングは赤。頭部は一つ目形状で、角状の飾りが付いている。

誰がどう見ても、どこぞの機動戦士のライバルメカだった。

銀時は目を輝かせながら、源外に詰め寄る。

「これ！　これちょうだい！　これだったら絶対勝てるわ！」

「ダメじゃ。それ、やっとこさ修理が終わって、今日あたり取りに来るんじゃから」

首を振る源外に、銀時がなおも食い下がろうとしていると、

「どーもー。修理できてますか？」

奇妙な格好をした男が、工場に入ってきた。マスクで目を覆い、変わった形のヘルメットを被った、軍人風の男だ。傍らの巨大ロボ同様、真っ赤な軍服に身を包んでいる。〝赤い彗星〟とかいう二つ名で呼ばれていてもおかしくはなさそうな……そのくらい赤い男だった。

「ああ、お客さん来た！　出来てますよ！」源外が赤い男を出迎える。

「うわ、完璧じゃないですか！　助かるわぁ」

赤いロボットを見上げ、満足そうに男が頷いている。いい仕上がりだったらしい。

銀時はその赤い男に、「あの、これ、貸してもらえません？」と頼んでみることにした。

しかし赤い男は、

「見せてもらおうか！」そんな謎の返答をするだけである。宇宙世紀風の颯爽たるＢＧＭ

が流れてきそうなキレのある口ぶりだった。

「いや、もう見てますよね？」

「じゃ、修理代、ジオンに請求しといてください」

それだけ言って去ろうとする赤い男の姿に、銀時は首を傾(かし)げた。

「この人、こんなにオジサンだったっけ？」

「坊やだからさ」

「いやいや。それ言いたいだけでしょ？『相棒』に出てた人ですよね？」

律儀(りちぎ)にツッコミを続ける銀時を横目に、源外がため息をついた。

「お前、随分元気じゃな。全然戦えるじゃんか」

すると突然、赤い男が驚いた様子で銀時を見つめる。

「アルテイシアか!?」

「坂田です」もはや付き合いきれなかった。

「じゃあ私は、サイド7(セブン)へ――」

赤い男は踵(きびす)を返そうとしたのだが、寸前で「あ」と口を開く。

「ちょっとあの、ションベンしたくなっちゃったんだけどさ。トイレ借りていいかな」

「あ、いいですよ。あっちにあります」源外が便所の方を指さした。

なんだかもう、元キャラの威厳の欠片すら見当たらない。銀時は「ションベンとか言わないで……」とため息をついてしまっていた。

赤い男は後ろ頭を掻きながら、

「最近近くなっちゃったんだよね。甘い匂いがするんだよね」

「それ糖尿ですよね？」

「それでは私は、通常の三倍のスピードで行ってまいります！」

それだけ言って、赤い男は小走りでトイレに向かった。男の後ろ姿を見送りながら、銀時は首を傾げる。

「別に……普通のスピードじゃん」

銀時の呟きに、源外も「通常のスピードがアレの三分の一かも」と頷いている。

いろいろな意味で危ない男だった。この映画にバンダイナムコが協力していなければ、確実に戦争が起こっていたことだろう。

「あ、そうだ！」源外が突然、何か閃いたかのごとく顔を上げた。「銀の字、これを使え！　これを使えば勝てるから！」

「最初から言ってよォォ。そういうのあるならぁ」

源外が脇の棚から取り出したのは、どこかで見たことがあるような丸いフルーツだった。

なんというかこう、ジャンプの海賊マンガで有名なアレである。

「ああ、これかあ〜〜」

「これを食え。これを食うとな……。身体全部がゴムのようになるぞ」

「別に海賊王になりたいわけじゃないんだよなあ」

「ゴムゴムの銀時、いいじゃん。〝偉大なる航路（グランドライン）〟に旅立てよ」

「ええええ、面倒臭（くせ）えよぉ。海そんなに好きじゃないしなぁ」

と言いつつも、銀時の頬（ほお）は緩（ゆる）んでいた。ジャンプ読者である以上、例の〝実〟の能力者になれるというのは、ある意味永遠の憧れなのである。

こうなりゃもう、ありったけのナニをかき集めて、アレを探しに行っちゃおうかなあ
――などと銀時がほくそ笑（え）んでいると、

「ってのウッソ〜〜！　偽物（にせもの）でした〜〜！　中身、普通のマスクメロンでした〜〜。はい残念〜〜！　はいバカ〜〜！」

源外が、ニカッと白い歯を見せる。

「人間がゴムゴムになるわけない〜。ジャンプの読み過ぎ〜〜」

せっかくちょっと期待したというのに……この仕打ちは酷い。源外はなおも「ジャンプの読み過ぎ♪　ゴムゴムならない♪」とリズムよく楽しそうにこちらを小馬鹿にしてくるのである。

銀時にできたことと言えば、怒りに任せ、源外の肩を小突くくらいのものだった。

「ちょ、痛っ……元気じゃーん。勝てる勝てる」

いい加減なことを言う源外を、銀時はさらに殴打する。ジャンプ読者の夢を裏切った罪は重いのだ。

「痛って……痛ぇなオイ！」痛みに耐えかね、マジギレした源外が反撃を始める。

結局そのまま取っ組み合いをする羽目になってしまったのだが……それが大いなる時間の無駄であったことに銀時が気づくのは、小一時間ほどした後のことだった。


村田鉄子は、小さい頃からずっと、兄・鉄矢の背を見て育ってきた。

一緒に父の教えを受け、一緒に刀を打つ。兄が父を超えようと努力していたのと同じ時間だけ、鉄子もまた、兄の支えになろうと必死に鍛冶の腕を磨いてきたのだった。

自分の腕はまだまだ、父どころか兄の領域にもほど遠い。それは自分でもわかる。

しかしそれでも、兄を想う気持ちは誰にも負けていない。毎日毎日、兄に少しでも近づこうと、誠心誠意をこめて刀を打ってきたのである。

鉄子は鍛冶屋の倉庫から、とっておきの一本を持ち出すことにした。いざとなったらもう、自分がこの刀を使って兄と紅桜を止めなければならないだろう。

心を決め、引き戸を開ける。するとそこに、銀髪天然パーマの男がいた。

「……さ、坂田さん」

「こんにちは」

銀時が、緩い笑顔を鉄子に向けた。

船の甲板――。神楽は未曾有のピンチを迎えていた。

十字架に磔(はりつけ)にされた上、周囲をテロリスト連中に囲まれてしまっていたのである。

「コラァ！　小娘ェ！」また子(こ)が神楽に銃を突きつける。「いよいよこっちは虫の居所が悪いっス！　貴様の本当の目的を今すぐに吐かないと、今度こそ殺すっス！　はい、どうぞ！」

「吐いてさえくだされば、あと二、三年は我々の味方にしてあげてもいいと思っているんですよ」

武市(たけち)が優しく（そして気持ち悪く）微笑(ほほえ)みかけてきた。

「吐けェエエエエ！」また子が神楽を睨みつけた。

吐けと言われても、今の神楽に吐けるものなどひとつしかない。だったらもう、思いきりやってやることにした。

「うっ！　うげえええええええええええ！」

「吐いたァァァァァ!?」

口から出てくるのは大量のゲロ。まるでマーライオンのごとき神楽の吐きっぷりには、また子もドン引きの様子である。

周囲の浪人風の荒くれ者たちが、モップを手に掃除を始めた。なんだかやるせなさそうな表情である。

「私たちの言う通りにしただけですね」武市は苦笑いを浮かべている。

しかしそれでもなお、神楽のリバース衝動は留まる気配を見せなかった。

「……うううううう」

「またゲロ吐くぞォォォっ!?」また子が悲鳴を上げる。

「うううっ……どうしたんだろう、私……。はっ!? もしかして、お腹に赤ちゃんが
……!?」

「食い過ぎと船酔いだっ! このバカたれがァァァァ!」

声を荒らげるまた子とは対照的に、武市は上機嫌だった。

「ほほほほ。本当におかしなことを言う子ですね、神楽ちゃんは。こんなに面白いことを
言う子は、殺すわけにはいきませんね」

「ちょっと黙っててもらっていいスか、ロリコン先輩」

また子は舌打ちしつつ、神楽の眉間に銃を突きつけた。

「……はい、時間切れっス! 死んでもらいまーす!」

さすがの神楽でも、この状況をなんとかするのは厳しい。

どうしたものかと様子を窺っていると、

「ちょっと待ってくださいな」

浪人たちの集団の中から、なにやら妙に格好つけた声色が響く。

視線を向けてみると、そこにはなんと新八の姿があった。肩に刀を担ぎ、新八らしからぬキリリと引き締まった表情を浮かべている。

「女のヒステリーで仲間を殺されちゃ、たまったもんじゃないね……！」

周囲を厳めしい浪人たちに囲まれていても、新八は微塵も恐れた様子を見せていない。不敵な面持ちで、周囲を睥睨しているのだ。

「新八っ!!　助けに来てくれたアルか!?」

「ああ、遅くなってすまなかったね、神楽ちゃん」新八はクールに、ふっと笑顔を見せる。

あのメガネでヘタレなアイドルオタクが、こうも頼りになるところを見せるとは……。

これはアレか。いわゆる映画版補正というやつなのか。

また子が新八に銃口を向けた。

「何者っスか!?」

「何度も言わせるなよ。その子の仲間さ」

「貴様ァ！　何人仲間を連れてきたッスか!?」

　また子の問いに、新八は答えない。

　いや……答えられないのだろうか。一瞬にして「あ、ヤベ」というような表情に変わり、額（ひたい）に脂汗（あぶらあせ）を浮かべてしまっている。

　神楽の胸に不安がよぎる。まさかこのバカメガネ……応援を連れてくるという選択肢に今初めて気がついたのではないだろうか。

　狼狽（うろた）える新八を見つめ、武市が首を傾げる。

「どうした？　ボク、どうした？」

　どう答えていいのかわからないのだろう。新八はしどろもどろになりながら、「ううっ」と唇を尖（とが）らせた。

　その新八の不安げな様子たるや、敵である武市にも「ねえボク、おくちムニムニするのやめて？　くちゅくちゅ言わせないで？」と優しい声をかけさせてしまっているくらいである。情けないことこの上なかった。

「まさか……ひとり？」

「い、勢いで……来ちゃったから……」新八が項垂（うなだ）れながら自供する。

「ほんとに？」

「だ、だから、あの……勢いで、ひとりで、来ちゃったから……」

新八が所在なげに着物の襟をいじくる様子は、まるで幼児の仕草である。

武市も武市で迷子相談所の係員のごとく、「うんうん」と優しく頷きながら新八の話を聞いていた。

「その状態で戦うの？」

「た、戦わずして彼女を返すという選択肢だって、あるだろォォォ！」

勢いで誤魔化せばなんとかなると思ったのか、新八は逆ギレ気味に大声を上げた。

しかしそう上手くはいかないのが世の常である。武市は「ないんじゃないかな」と、冷静に首を傾げるだけだった。

「殺していいスか？」というまた子に、「どうぞ」と武市が答える。

新八本人もさすがにこのやり取りには焦ったのか、「ちょっと待ってちょっと!?」と悲鳴を上げていた。

やっぱり新八は新八だった。珍しく格好よく助けに来たと思ったらコレである。

「やめてあげてヨ！　その子、メガネなだけでとってもメガネなバカなんだヨ！」

「神楽ちゃん、申し訳ない！　少年にはまったく興味がないんです！」

神楽のフォローも、少女限定のフェミニストにはまるで響かないようだった。

また子の指が銃の引き金にかかったのを見て、神楽は叫ぶ。

「新八ィィィィィィ！」

と、その瞬間だった。突然、轟音が鳴り響き、船体がひっくり返るような振動が襲ってきたのである。

磔にされている神楽はともかく、周囲の一同は皆体勢を崩してしまっていた。

「何なんスかァァァァ!?」

また子の叫びに、部下のひとりが答えた。

「真選組(しんせんぐみ)です！　真選組の船が砲撃してきました！」

「なんですとォォォ!?」武市が眉をひそめる。

また子にとっても予想外の事態だったのだろう。いまいましげに下唇を噛(か)んでいた。

「くっそーっ！　岡田(おかだ)のせいっス！　全員！　戦闘配置につけェェェ！」

号令と共に、周りの荒くれ者たちが一斉(いっせい)に持ち場へと向かった。捕虜に構っている状況ではなくなったらしい。

新八もこれを好機だと捉えたのだろう。神楽の背後に回って、両手足の縄をほどいてくれた。

「お待たせ！　神楽ちゃん！」

「新八！　ずっと待ってたアルよ！」

「すまない」新八がぺこり、と頭を下げる。

「銀ちゃんは？　なんで銀ちゃん、来ないの？」

神楽の問いに、新八は一瞬押し黙る。しかしすぐに笑顔を浮かべ、こう続けた。

「……来るよ。すぐに来るよ」


真選組の急襲を受け、高杉の船が動きだす。

とは言っても、海に逃げるわけではない。もともとこの船は、天人の技術を利用して造られた宇宙船なのだ。船体後部のブースターが勢いよく噴射を始め、港から宙に浮かび上がる。

当然、真選組もそれは見越していたようだ。高杉の船を拿捕(だほ)すべく、真選組の船も空中に飛び上がったのである。

江戸の空を揺るがす空中戦の火ぶたが、今ここに切って落とされたのだった。

砲撃音を遠くに聞きながら、岡田似蔵(にぞう)はひとり、船倉の中で蹲(うずくま)っていた。

「ぬぐぐぐ……」

さらに紅桜の侵食が強まっているようだ。失(な)くしたはずの自分の右腕が怪物と化し、それが残った身体を食いつくそうとしているような――そんな激しい痛みを感じていた。すでに右半身の自由はなく、意識もたびたび消失しつつある。自分が完全に紅桜と化してしまうまで、もう半刻(はんとき)と保(も)たないかもしれない。

「よぉ」

そのとき、倉庫の戸口に人の気配があった。この煙管(キセル)の煙の匂いは、高杉晋助(しんすけ)のものだ。

「お苦しみのところ失礼するぜ。お前のお客さんだ」

お客さん、とは外で攻撃を仕掛けてきている連中――真選組のことだろう。辻斬りを繰り返してきた岡田の足取りを追って、この船に当たりをつけたに違いない。

「いろいろ派手にやってくれたらしいじゃねえか。おかげでちょいと早めに幕府の犬ころたちとやり合わねえといけなくなっちまった」

ピンチを迎えているはずなのに、高杉の声は冷静そのものだった。

最初からこの状況を予期し、楽しんでいるとでもいうのか――。岡田にはこの男の考えがまるで読めなかった。

思えばこの男は、出会った頃からそうだった。人斬りだった自分を「そんな小せーモン壊して満足か」と詰り、「どうせ壊すなら、世界をブッ壊しに行かねーか」と誘ったのである。

どうしてこの男は、世界などという大それたものを壊したがっているのか。高杉晋助の心の裡は、謎で満ちていた。彼が何を求めて攘夷活動をしているのか、側近の同志たちですら知る由もないのだろう。

闇に閉ざされた世界で生きる岡田にとって、人の感情というものは唯一目にすることができる〝光〟だった。高杉を動かしている感情は、いったいどんな色で輝くのか――。岡田が高杉と組むことにしたのは、それを知りたかったからに他ならない。

「桂、殺ったらしいな。おまけに銀時ともやり合ったとか。わざわざ村田まで使って……」

飄々とした口調で、高杉が続ける。

「で？　立派なデータはとれたのかい？　村田もさぞお喜びだろう、奴は自分の剣を強くすることしか考えてねーからな」

「アンタはどうなんだい」岡田が尋ね返す。「昔の同志が簡単にやられちまって、哀しんでいるのか。それとも——」

岡田がそう口走った瞬間、高杉が刀を抜いた気配があった。こちらの頭を狙って、何の躊躇もなくそれを振り下ろしたのである。

岡田ですら惚れ惚れするくらいに流麗な太刀筋だった。目が見えずとも、それはわかる。紅桜が反応していなければ、叩き斬られていたかもしれない。

「ほォ」紅桜と鍔競り合いをしながら、高杉が笑みを零す。「随分と立派な腕が生えたじゃねーか。仲良くやってるようで安心したよ。文字通り一心同体ってやつだ」

高杉は刀を収め、岡田に背を向けた。

「さっさと片づけてこい。アレ、全部潰してきたら、今回のことは不問にしてやらァ。どのみち、いずれはやり合うことになる連中だ」

それだけ言って高杉は、倉庫の戸口に向かう。

やはり、この男の光は理解しがたい。とどのつまり、自分程度では及びもつかないほどの器の持ち主だということだろうか。

「それから」高杉が足を止め、こちらを振り返る。「二度と俺たちを同志なんて呼び方するんじゃねェ。そんな甘っちょろいもんじゃねーんだよ、俺たちは。次言ったら紅桜(そいつ)ごとブッた斬るぜ」

岡田はごくりと息を呑(の)む。高杉の言葉が嘘(うそ)や冗談ではないことは、右腕に残る痺(しび)れが雄弁に語っていた。


戦闘が始まり、船内は混乱を極めていた。真選組の突然の攻撃に戸惑い、攘夷浪士(テロリスト)たちがてんやわんやなのである。逃げようとする者、武器を探す者、悲鳴を上げている者、様相は各人様々だ。

新八もまた神楽と共に、船内を走り回っていた。

「なるほど、状況は大体わかった。……でも、ホントに桂さんいるのかな？」

「定春が言ってた。間違いないアル」神楽が頷く。

果たしてこんな状況の中で、桂さんを見つけることができるのだろうか。真選組の人たちにテロリストと間違われたりしなきゃいいけど——と、新八の胸に不安がよぎる。

一方、その真選組の船は、砲撃で高杉の船を牽制しながら、距離を詰めつつあった。さすがは江戸の治安を守る特殊警察の船だけあって、テロリストの船に後れを取ることはないようだ。瞬く間に追いつき、ついに空中での接舷を成功させたのである。

船の甲板では、真選組局長、近藤勲が陣頭指揮を執っていた。

「よォォォォしっ！　乗りこめェェェ！」

隊員たちの鬨の声が「おおおおお！」と上がる。白兵戦を仕掛けるべく、彼らは次々と高杉の船に飛び移っていくのだった。

そんな勇敢な部下たちの背を見送りながら、土方十四郎は手にしたどんぶりをかきこむ。

芳醇なマヨネーズの味が口内に広がり、気合いが高まっていくのを感じていた。

沖田がバズーカを小脇に抱えながら、そんな土方にジト目を向けた。

「殺し合いの前にそんなもん食ってどうするんです。腹斬られたら血じゃなくてマヨネーズ飛び出しますぜ」

「これ食わねーと力出ねえんだよ」

マヨカツ丼〝土方スペシャル〟である。カツとご飯を合わせた部分よりも、マヨネーズ部分の体積が大きいという、マヨラー垂涎のメニューだった。土方にとってマヨネーズは、戦いの前の一服と同じくらい重要なものなのである。

「キモ……」と呟く沖田にはそれが理解できないのだろう。哀れな男だった。

土方がマヨカツ丼を味わっていると、部下たちの後に続こうとする近藤の姿が目に入った。まさかこの大将、自ら敵陣に乗りこむつもりなのか。

沖田も不安に思ったのか、その背に「近藤さん」と声をかける。

「近藤さんは船に残っててくだせェ。これは命懸けの戦いです。たくさん犠牲が出ます。近藤さんにもしものことがあったら、これから先の真選組はどうするんですか」

「総悟。俺はなァ、この真選組を作ったときから決めてることがある」

近藤が、いつになく真面目な表情で続ける。

「生きるも死ぬもお前らと一緒。それが局長、近藤勲の生きざまさ」

「近藤さん」カツを咀嚼しながら、土方が呟く。「真選組は死なねェ」

「わかってるじゃねェか」

そんな風にいい笑顔を向けられたら、部下としては何も言い返せない。この身はすでに一蓮托生。だったらもう、背中を預け合って戦うだけだ。

「さて、鬼退治と行こうじゃねえか」

近藤が笑みを浮かべながら、敵船へと飛び移る——。いや、飛び移ろうとしたのだが、それは叶わなかった。格好つけてよそ見をしていたせいか、ジャンプのタイミングが外れ、つるっと船の縁から落下してしまったのである。

「あらァァァァァァァ!?」

真選組局長は情けない悲鳴を上げ、数十メートル下の海へと落下してしまう。海面にボチャン、と水しぶきが上がるのが見えた。

「「近藤さ———ん!」」土方と沖田が揃って声を上げる。

水面には、ぷかぷかと浮かぶ近藤の姿が小さく確認できた。どうやら命に別状はないらしい。これだけの高さから落下して無事だとは、まさにゴリラのごとき強靭(きょうじん)な生命力の持ち主である。

「よし行くぞ」「へい」

土方と沖田は頷き合い、敵船へと向かう。近藤勲の生きざまについては、ふたりとも特にノーコメントだった。

空中で接舷した二隻の船を見上げながら、銀時は「オイオイ」と呟いた。

「なんかもうおっ始(ぱじ)めてやがらァ。もうカタついちゃうんじゃないの？」

ここは、つい先ほどまで高杉の船が停泊していた港である。紅桜を止めるためにやってきたはいいものの、すっかり真選組に先を越されてしまったようだ。

真選組の連中も、ああ見えて強者揃(つわものぞろ)いである。出る幕ないんじゃゃね？　などと銀時は思っていたのだが、傍らの鉄子の表情は固かった。

「使いこんだ紅桜は一振りで戦艦十隻の戦闘力を有する」

「波動砲じゃん！　それともかめはめ波？　どれくらいの威力？」

「……どちらも見たことがないので比較のしようがない」

彼女は手にした風呂敷包みを解き、一振りの刀を銀時に差し出した。

「とりあえず……コイツを」

「何コレ？」銀時が首を傾げる。

鍔の部分に、凝った装飾がなされている。体長の長い龍が、ぐるぐるととぐろを巻いているのだ。しかしこの巻き方、龍というよりも別な何かを想像してしまいそうになる。

「私が打った刀だ。木刀では紅桜と戦えない。使ってくれ」

「うん、それはいいんだけどさ、なにコレ。この鍔のところの装飾？　これ完全にウン——」

そう口走った瞬間、鉄子の拳が顔面に飛んできた。銀時は、「コォォォォ！」と叫び声を上げげつつ吹っ飛ばされてしまう。

「ウンコではない。とぐろを巻いた龍だ」鉄子の表情はどこか不機嫌そうだ。

「てめェ、俺がウンコと言う前にウンコと言ったということは、自分でも薄々ウンコだと思ってたってことじゃねーか！」

上空の船を見上げながら、鉄子は呟く。

「しかし、どうやってあんな上まで行けばいいのか」

「兄妹揃って話聞かない感じ？　シカトブラザーズ？　ねえ？」

銀時が鉄子に詰め寄っていると、背後から「銀の字！」と声をかけられた。

「さっきは悪かったな。これを使え」

機械技師、平賀源外である。彼の脇には、白い大きな翼のような乗り物が置かれていた。

翼の大きさは三メートルくらい。その洗練された流線形の翼は、どことなく昔の宮崎アニメを彷彿とさせる。というか、風の谷のアレそのものだった。

銀時は表情を引き攣らせながら、源外に「これは？」と尋ねる。

「これも修理品で、今出来上がったんじゃが、お客さんがお前に貸してもいいと言ってくれてな」

源外の隣には、これまた見覚えのある、青き衣の少女がいた。銀時に向けて「どうぞ」と優しげな微笑みを浮かべている。

「ここ風の谷じゃないけど、飛びます、これ？」

不安げに首を傾げるのは銀時だけではない。見れば鉄子も額に汗を浮かべていた。

「これ本当にいいのか……？　絶対に手を出してはいけないところに踏みこんではいないか？」

　バンダイナムコや集英社ネタならともかく、スタジオジ●リはさすがにマズイ。どこまでもアグレッシブな劇場版監督は、ある意味攘夷浪士以上に危険な存在だった。

　青き衣の少女が叫んだ。

「王蟲が攻めてくる前に早く！」

　銀時は姫ねえさま風に「甘えます！」と応え、白い翼に飛び乗った。

「本当に甘えていいのか……？」

　そんな鉄子に、源外は「絶妙じゃろ？」と口元を歪める。

「絶妙に、アレしない感じじゃろ」

　確かにまあ、よく見れば細部が異なっているような気がしないでもない。パチモン臭が半端ない一品だった。

「さあゆくのじゃ！　銀時っ！」

　翼の取っ手を握りながら、銀時が少女に頭を下げた。

「ありがとう、ナウ●カ」

「ホ、ホントに甘えていいんだな……？」

鉄子の表情は、やはり不安げだった。

船の甲板では、真選組と高杉一派との壮絶な斬り合いが繰り広げられている。

雑魚浪人たちが相手ならば、真選組の優位は揺るがないはずだった。数を頼りに急襲を仕掛け、電撃的に鎮圧する。当初はそういう計画だったのだ。

しかし現実はそう上手くいかなかった。意外なことに、優位だったはずの隊員たちが、次々と討ち取られてしまっているのである。

しかも、たったひとりの男の手によって。

「岡田……」「似蔵……」土方と沖田が、揃って息を呑む。

岡田の右腕は、どういうわけか巨大な機械の刃と一体化していた。その巨大な刃は、見た目以上に凶悪極まりない。目にも止まらぬ太刀筋によって、反撃すらできないままに斬り刻まれてしまうのである。

倒れた部下たちを背に庇うようにして、土方が前に一歩を踏み出した。

「御用改めである。岡田似蔵、江戸市中の辻斬りの罪により、神妙にお縄につけ」

「よくぞいらっしゃった。幕府の犬どもよ」岡田がにいっと口の端を歪める。

土方が相手の出方を窺っている一方、一番隊隊長、沖田総悟に躊躇はなかった。肩にバズーカを構え、問答無用で発射したのである。

生身の人間相手にいきなり何やってんだ——沖田のスタンドプレーに驚く土方だったが、もっと驚かされたのは岡田の反応の方である。

なんとこの男、発射されたバズーカの砲弾を、右腕の巨大な刃で真正面から二つに斬り裂いてしまったのである。

「なにィィ!?」土方が目を見開く。

「ありゃあ、もう剣なんて呼べるもんじゃねェや」沖田もまた、眉をひそめている。

あらかじめ砲弾が飛んでくることがわかっていたとしても、それを斬り落とすなんて人間業でできるものではない。音速以上の斬撃の速度と、砲弾の真芯を斬り裂く正確さ——その両方が必要となる。

どうやらあの岡田似蔵という男、単なる人斬りではなく、怪物の領域にまで足を踏み入れてしまったらしい。

「ほほう。天下に轟(とどろ)く真選組もこんなもんかね」

余裕の笑みを浮かべる岡田を前に、沖田は肩を竦(すく)めた。

「仕方ねェ……。副長、ここは任せやしたぜ」

「なんだと？」

首を捻(ひね)る土方の背後に、沖田が回る。何をするつもりだ――と思っているうちに、土方の両腕はいつの間にか近くのパイプ管に縛(しば)りつけられてしまっていた。

「どうぞ！　斬るなり斬るなり！」

沖田はそんなことを言いながら、こちらに背を向けてスタコラ走り去ってしまった。どうやらあの男、土方を囮(おとり)にして難を逃れるつもりらしい。

「オイィィィ！　総悟ォォォォ！　てめェェェェェ！」

怒鳴ったところであの部下が戻ってこないだろうことは先刻承知である。沖田総悟とは、そういう男なのだ。

岡田似蔵の剣が、無情にも土方に向けられた。

「たかだか警察の犬が、高杉晋助を捕(と)らえようなんざねェ……」

「ウソでしょォォォォォォ!?」

敵は怪物並みの達人。対してこちらは両腕が使えない状態。

土方十四郎は、絶体絶命の状況を迎えていた。

新八と神楽は、船内の工場区画に辿りついていた。

周囲の巨大カプセル内に浮かぶ幾本もの刀を見て、新八は息を呑む。

「これは……岡田似蔵が持っていた刀……。こんなに……」

こんなものをたくさん作って、ここの連中はいったいどうするつもりなのか。新八が首を捻っていると、背後から男の声が響く。

「おやおや、ここは坊っちゃん嬢ちゃんが来るところじゃないぜ」

振り向けばそこには、煙管を手にした優男がいた。片目を包帯で覆った、派手な着流し姿の男である。神楽から聞いた通りの、特徴的な相貌だった。

「き、貴様……高杉晋助!」新八が叫ぶ。「なぜ銀さんを狙った！　かつての仲間の銀さんを！」

「え？　銀ちゃんを？　銀ちゃん、どうしたの？」

神楽が不安そうに眉をひそめるのを見て、高杉は「ククク」と忍び笑いを浮かべる。

「仲間……仲間ねえ。お前らみたいなガキ引き連れて生きてんのかい？　銀時は」

「お前、銀ちゃんに何したアルか!?」神楽が高杉を睨みつける。「答えによってはその命もらうアル！」

しかし高杉には一切動じる様子はなかった。

「それじゃ、その仲良し銀ちゃんと天国で楽しく暮らすんだなァ！」

高杉は腰の刀を抜き放ち、神楽へと一直線に向かってくる。

その気迫の前には、神楽ですら身動きが取れなくなってしまっている。銀時の身を案じ、ショックを受けているのかもしれない。

新八は「うおおおお！」と雄たけびを上げ、神楽の前に立つ。銀時がここにいない今、神楽の身を守れるのは自分しかいないのだ。

高杉の凶刃（きょうじん）がほんの数メートル先に迫ったそのとき、突然、新八の視界の中に白い影が飛びこんできた。

「…………!?」

それはどこか惚(とぼ)けた顔をした、真っ白な着ぐるみ状の宇宙生物。

得体の知れない闖入者(ちんにゅうしゃ)の出現に、高杉もその足を止める。

宇宙生物が己(おのれ)の口の中から取り出したのは、その愛らしい外見には似つかわしくない武骨な機関銃だった。高杉に向けて機関銃を連射しながら、宇宙生物は新八にプラカードを示してみせた。

『ここはやばい。早く逃げろ』

「エリザベス！　生きていたんだね！　よかった！」

エリザベスは新八の言葉に頷きながら、『早く逃げろ』とプラカードを出す。

「でも、あいつ強いぞ、エリー」

神楽の言う通りだ。エリザベスが発射している機関銃の弾を、高杉はいともたやすく刀で弾いているのだ。さすがは銀時のかつての戦友だというだけのことはある。

『俺に任せろ』とプラカードを掲げようとしたエリザベスも、その矢先に横なぎに真っ二つに斬られてしまった。

「「エリザベスぅぅぅぅぅぅ！」」

新八と神楽が揃って悲鳴を上げるのを見て、高杉が「オイオイ」と笑みを浮かべる。

「いつからここは仮装パーティ会場になったんだ。ガキが来ていいところじゃねえって言ったろう?」

そのときだった。斬られたはずのエリザベスの中から、何者かが飛び出してきたのである。その男は刀を振りかぶって、高杉を一刀のもとに斬り倒してしまう。

「ガキじゃない。桂だ」

桂小太郎。現れたのは〝狂乱の貴公子〟と呼ばれる伝説の攘夷志士のひとりだった。後ろ髪が短くなっていること以外は、普段と何も変わりない様子に見える。

「ヅラ!?」「変な髪型!?」神楽と新八が、揃って声を上げる。

辻斬りに斬られたはずの桂さんが、どうしてエリザベスの中に——?　新八には、まだこの状況がよく呑みこめていなかったのである。

新八が呆気に取られている間に、高杉配下の幹部たちがこちらに駆けつけてきていた。来島また子と武市変平太だ。

倒れた高杉に、また子が駆け寄る。

「晋助様!　しっかり、晋助様ァァ!」

「ほほほう。これは意外な方とお会いする。こんなところで死者と対面できるとは……」

驚いた様子の武市に、桂が表情を変えずに答える。

「この世に未練があったものでな。黄泉(よみ)の国から帰ってきたのだ。かつての仲間に斬られたとあっては、死んでも死にきれぬというもの」

言葉を切り、桂は今しがた斬ったばかりの旧友に目を向けた。

「なァ、高杉」

「さっきから仲間仲間と……。ありがた迷惑な話だ」

高杉が鼻を鳴らしながら立ち上がった。この男の懐(ふところ)からは、一冊の本が覗(のぞ)いていた。あの本が、先ほどの桂の一太刀を受け止めたのだろう。表紙が切り裂かれているのが見える。

「まだそんなものを持っていたか」

桂もまた、懐から同じ本を取り出した。寺子屋で使う教科書のようなものだ。こちらも高杉のものと同様、深い刀傷が刻まれている。

「お互いバカらしい」

「クク」高杉の鋭い目が、桂の教本を睨みつける。「お前もそれのおかげで紅桜から護(まも)られたってわけかい。思い出は大切にするもんだねェ」

「岡田（アレ）が貴様の差し金（さしがね）だろうが、奴の独断だろうが関係ない。私はお前がやろうとしているこれを、黙って見過ごすわけにはいかんのだ」

　新八と神楽の方へと向き直り、桂が続ける。

「ふたり、何も知らせずこんなところまで巻きこんですまなかった。今回は私個人を標的にしていると思ったゆえ、内情を探るにも死んでいると思わせておいた方が動きやすいと考えたのだ」

　どうやらこの男、エリザベスの着ぐるみを着たままこの船内を嗅（か）ぎ回（まわ）っていたらしい。想像するだけでシュールな光景だった。

「かえって目立つでしょ！」新八がツッコむ。

「悪いな、ヅラ」高杉が刀を収め、桂に背を向ける。「わざわざお越しいただいて申し訳ないが、俺の野望はこんなところで終わらせるわけにはいかないんでね」

「待て、高杉！　話そう！　話せばわかる！」

　とっさに高杉の後を追いかけようとする桂だったが、行く手を遮（さえぎ）るようにまた子と武市が立ちふさがった。

　彼らはどうしても、高杉の邪魔をされては困るらしい。

だったらやることはひとつだ。新八は神楽と頷き合い、一歩前に出る。

「ここは任せるアル」

「高杉さんとしっかり話してきてください」

「お前たち……」桂が眉をひそめる。

「帰ったらいろいろと奢ってもらいますからね」

「しかし、お前たちに何かあったら銀時に合わせる顔がない！」

難しい顔で首を振る桂に、神楽が「いいから早く行けヨ」と笑い返す。

「ただ、完全に騙されたから帰ったらフルボッコな。あと、酢こんぶ一年分」

「……すまぬ！」

桂は頭を下げ、高杉の後を追う。


一方甲板では、岡田と土方の戦闘が続いていた。

土方の手を縛っていた縄の部分が、偶然斬られたのが幸いだった。おかげで土方も刀を握り、少しはマシな戦いができるようになったのである。

とはいえ紅桜の一撃は、あまりに速く、そして重い。刀身で受け止めただけで、全身に痺れたような衝撃が走るのだ。マシとは言っても、やはり防戦一方である。

剣を交わしながら、岡田が「なかなかやるようだねェ」とほくそ笑む。

「縛られたまま殺しておけばよかったよ」

「真選組、鬼の副長を舐めるんじゃねェェェェ！」

そう息巻いてみせたものの、この調子でいつまで斬り合いを続けられるだろうか。土方の額に、脂汗が浮かんだ。

来島また子は憤慨していた。
せっかく晋助様の役に立ちたいと思っていたのに、目の前のチャイナ娘とメガネのガキが邪魔をするのだ。おかげで、桂の足止めをすることもできなかった。
傍らの武市も、さすがに腹を立てているようだ。

「悪いがフェミニストといえど鬼になることもあります。綿密に立てた計画を台無しにされるのが一番腹立つ。それがフェミニスト」

「それフェミニスト関係ないっスよ」

そんなまた子のツッコミをスルーし、武市はチャイナ娘とメガネに目を向ける。

「しかし読めませんね。この船にあってあなたたちだけが異質。攘夷浪士でもなければ真選組の手先でもない。勿論、私たちの味方でもない」

確かに先輩の言う通りだ。このガキどもは本当に何なのだろう。こいつらのせいで、計画がどんどんおかしくなっている気がする。

また子はガキどもに銃を突きつけ、叫んだ。

「何なんスかお前ら！　いったい何者なんスか!?　何が目的なんスか!?　いったい、誰の回し者スか!?」

ガキどもはまったく怯えた様子を見せない。にやりと笑みを浮かべ、揃ってこう言い放ったのだ。

「「宇宙一バカな侍だ！　コノヤロー！」」

雨は上がり、曇った空からは暖かな陽光が差しこみ始めた。

「ちわ～」

緩みきった笑顔で甲板に現れたのは、宇宙一バカな侍――坂田銀時である。鍛冶屋の鉄子を同行し、遅ればせながら戦場にやってきたのだった。

銀時が周囲を見回すと、見知った顔がちらほら。すぐ近くでは、真選組の土方が岡田とやり合っているようだった。

やり合っている、というか……よく見ればほとんど一方的に嬲（なぶ）られているだけのような状態である。這（ほ）う這（ほ）うの体（てい）でやってくる土方に向けて、銀時はひらひら手を振ってみせた。

「てめェ……！」

銀時のユルい表情が癇（かん）に障（さわ）ったのか、土方が眉間に皺（しわ）を寄せた。

その背後には、岡田が迫っている。新八が斬り落としたはずの右腕は完全に機械（からくり）と化し、紅桜と一体化してしまっている。川で戦ったとき以上の化け物ぶりだ。

土方に向け、銀時が告げる。

「お前らに敵う相手じゃねえ。ここは任せて、高杉しょっぴかねえと、逃げられちまうぜ」

「しかしてめェ、その身体で……」

「お互い様だろ。警察は警察の仕事を全うしろぃ！」

銀時が刀を抜き放った。鉄子に託された、龍の装飾が施された刀だ。

土方は「ちっ」と舌打ちを返し、

「死ぬなよ、万事屋！」岡田に背を向け、甲板を走り去る。

岡田は、逃げる土方を追うことはしなかった。他に優先するべき獲物を見つけたとでもいうように、ゆっくりと銀時の方に向き直る。

「俺はまったく眼が見えぬが、光だけは感じることができる。お前さんは本当にキラキラ光るねェ。鋭い銀色だ。しかしどうしてかなあ。お前さんの光は、どうも――」

岡田が右腕の紅桜を大きく振りかぶり、一足飛びに斬りかかってくる。

「気に入らないねェッ！」

上段から振り下ろされる岡田の一撃を、銀時は刀で受け止める。太刀を合わせた瞬間、その重みで身体がよろめきそうになってしまった。

どうやらこの紅桜、禍々しくなったのは見た目だけではないらしい。以前とは比べ物にならないほど太刀筋が鋭くなっていた。鉄子の説明通りなら、これも学習の成果なのかもしれない。

「なぜ来た？」岡田が問う。「そんな身体で何ができる？　頭おかしくなっちまったかィ？　え？」

「そういうアンタこそ、随分調子悪そうじゃないの？　顔色悪いぜ、腹でも下したか？ん？」

「腹こわしてんのはアンタだろ！」

岡田が左手で、銀時の腹をつかむ。そこはまさに前回の立ち合いで、紅桜に抉られた場所だ。

銀時は「んがあああああ！」と苦悶の声を上げつつ、岡田を突き飛ばして距離を取る。

「クク、オイオイどうした？　血が出てるよ……」

軽口を叩きつつ岡田が自分の手の感触を確かめる。しかしその愉悦の表情は、だんだんと苦々しいものへと変わっていった。ようやく気づいたのだろう。自分の頬が切り裂かれ、血が噴き出していることに。

岡田が「なっ!?」と顔をしかめる。

「オイオイどうした？　血が出てるぜ」お返しとばかりに、銀時が口元を吊り上げた。

「クククク……アハハハハハ！」

奇妙な笑い声を上げ、岡田は再び紅桜を振りかぶった。

高杉を追い、桂は船内を駆ける。

十年前の攘夷戦争を生き抜いた桂にとっては、向かってくる高杉配下の浪士など物の数ではなかった。同じ攘夷の志(こころざし)を持つ者を斬るのは惜しいが、敵となるならば致し方ない——そう思いつつ、桂は次々と雑魚を蹴散らして進む。

船内から甲板に出る。ようやく追いついたらしい。そこには、ゆったりとした姿勢で船の縁に腰かける高杉の姿があった。

「ヅラ。あれ見ろ。銀時が来てる」

高杉は何やら楽しそうな表情で、船室の屋根を見上げている。屋根の上には、岡田と互

角に斬り合う銀時の姿があった。

「紅桜相手にやろうってつもりらしいよ。クク……相変わらずバカだな。生身で戦艦とやり合うようなもんだぜ」

半身を機械（からくり）と化した岡田の立ち回りは、これまで桂が出会ったどんな達人をも凌駕（りょうが）するものだった。一撃で屋根瓦（やねがわら）を粉砕するほどの威力のある巨大な刃を、まるで小枝を操るかのごとく軽々と振り回しているのだ。

「もはや人間の動きではないな」岡田の必死な形相（ぎょうそう）を見つめ、桂が呟く。「紅桜の伝達指令についていけず、身体が悲鳴を上げている。あの男、死ぬぞ……」

その身にそぐわぬ大きな力を与えられれば、自滅の道を歩むのは道理である。国だろうと人だろうと、それは変わらない。

「貴様は知っていたはずだ。紅桜を使えばどのようなことになるか……。仲間だろう。なんとも思わんのか」

高杉は薄笑いで応える。

「ありゃ、アイツが自ら望んでやったことだ。あれで死んだとしても本望だろう」

「……本望？」村田に向けて、妹・鉄子が聞き返した。

村田がこの妹に再会したのは、つい先ほどのことだった。紅桜の戦闘データを収集していたところに、突然現れたのだ。何を思ったのか、例の万事屋が連れてきたらしい。

「その通りだ！」村田は腕組みしながら、妹に言う。「あの男はな、まさしく刀になることを望んでいた！　高杉という篝火(かがりび)を護るための刀に！」

視線の先では、岡田が万事屋と激しく打ち合っている。もはや肉体が限界を迎えているのだ。岡田の呼吸は荒く、顔色もすこぶる悪い。もってあと十分というところか。

村田の心に同情はまるでなかった。あれこそ、刀(どうぐ)として生きることを選んだ男の末路なのだから。

「再び闇に戻るくらいならば、火に飛び入り、その勢いを増長させるのも厭(いと)わん男だ！光に眼を灼(や)かれ、もはやそれ以外見えぬ。なんと哀れで愚かな男か……」

妹に向け、村田は強く言い放つ。

「しかしそこには善も悪も超えた美がある！　ひと振りの剣と同じく、そこには美がある！」

「アレのどこが美しい!?」鉄子が兄を睨みつけた。「あんなものが兄者（あにじゃ）が作りたかったものだというのか。もう止（や）めてくれ……。私は兄者の刀で血が流れるところを、もう見たくない」

「ならばなぜ、あの男をここに連れてきた!?　わざわざ死にに来させたようなものではないか！　まさかお前の打ったあのなまくら刀で、私の紅桜に勝てるとでも――」

と、そのとき、村田のすぐ傍（そば）で鈍い音が響いた。

見れば傍らの壁に、岡田の身体が叩きつけられているではないか。

「――なっ!?」

思わず目を疑った。紅桜と一体になったはずの岡田が吹き飛ばされ、それを銀髪の万事屋が見下ろしているのである。

「バカな!?　紅桜と互角っ!?　いや、それ以上の力でやり合っているというのか!!」

坂田銀時の力量は把握していた。一対一の状況ならば、初戦の時点で紅桜の方が上だったのだ。データ上、敗北などあり得ないのである。

──そんなハズは……。似蔵殿は紅桜の侵食で体力が衰えているとはいえ、紅桜そのものの能力は学習を重ね、数段向上しているはず！

「まさかっ……！」

岡田が体勢を立て直し、雄たけびを上げながら銀時に突進する。

紅桜の刺突を銀時が真っ向から刀で弾いた。返す刀で右腕を狙うも、岡田がそれを刀身で受け止める。金属同士がぶつかり合う音が、周囲に激しくこだましていた。

もはや状況は、圧倒的に銀時優位の様相を呈しているのである。

──あの男、紅桜を上回る速さで成長している……！　いや、あれは極限の命のやり取りの中で、身体の奥底に眠る戦いの記憶が蘇ったのか……!?

岡田が横なぎに剣を大きく振るう。相手の首を刎ね飛ばそうとしたのだろう。

しかし、今の銀時にはそんな大雑把な攻撃は通用しなかったようだ。岡田の薙ぎ払いを跳躍して回避し、紅桜の刀身の上に飛び乗ったのである。

なんという超反応。人間どころか、機械をも凌駕している。銀時はそのまま、紅桜と同化した岡田の右腕に刀を突き刺したのだ。

──あれが──あれが、白夜叉……！

村田は息を呑んだ。岡田の腕には鉄子の打った刀が深々と突きささり、バチバチと放電を繰り返している。まるで紅桜が悲鳴を上げているようだった。

「消えねェ……。目障り(めざわ)な光……」岡田が呻き声を上げる。「何度消そうとしても、この銀色の光が……消えねェ……」

岡田の身体から、メキメキと鈍い音が鳴り始めた。様子がおかしい。紅桜の制御系統にダメージがあったのだろうか、一気に侵食が進んでしまっているようだ。

管状(くだ)の触手が、うねうねと岡田の上半身を包みこむ。

「………!?」

絶句しているのは村田だけではない。銀時も同様だ。

岡田の身体はもはや、人間とはかけ離れたものになってしまったのである。

新八の振るった剣を、武市変平太が受け止める。がきぃん、と鈍い音が響いた。
武市はバックステップで距離を取りつつ、「ほほう」と頷く。

「道場剣術はひとしきりこなしたようですが、真剣での斬り合いは初めてのようですね」

悔しいが、この男の言う通りだった。亡き父から剣を教わってはいたものの、新八はまともな実戦を経験したことはない。まさか自分が攘夷浪士（テロリスト）と真っ向から斬り合うことになるだなんて思ってもみなかったことだ。

刀を握る新八の手に、武市が視線を落とした。

「手が震えていらっしゃいますよ」

「ち、違う！　こうすると剣が何本もあるように見えるでしょ!?」

勢いで誤魔化してみたのだが、思いのほか武市は「ああー」と乗ってきた。

「知ってる。それあの、鉛筆？　鉛筆でよくやったよねえ」

「ねえ、不思議でしょう」

「そうね、不思議。めっちゃ不思議。不思議ちゃんだと思ってる」

武市がにこやかな笑みを浮かべ、新八に近づいてくる。

案外これなら平和的に戦闘が終了するかも——と思う新八だったが、

「……と引きつけられるフリをしつつチェストォォォォォ！」

突然、武市が剣を振りかぶったのである。

こうなれば仕方がない、と新八は迎撃の構えを取ったのだが――。

しかし、迎撃するまでもなかった。へっぴり腰から放たれた武市の剣は、ものすごく鈍い。さっと半身を横にずらすだけで、楽々回避できてしまうのである。

「酷(ひど)いね……。アンタの剣術」

「ふふ。私はもっぱら頭脳派なものでね」

武市は前傾姿勢のまま、なぜか小刻みに上体を揺らしながら剣を構えていた。明らかに素人(しろうと)同然の構えである。この男、道場剣術どころか、まともに剣を握ったことすらないのではないか。

「勝てるな。こいつなら余裕で勝てるな」

新八が笑みを浮かべ、武市の尻をひと突き。

武市は、「アッ――！　その痛みには興味があるッ！」と悲鳴を上げた。

と、そのときだった。

脇でまた子と戦っていたはずの神楽が、新八の方に突っこんできたのだ。

慌(あわ)てて下がる新八。つい今の今まで立っていたところに、また子の銃弾が降り注ぐ。女同士、なんともはた迷惑なバトルだった。

神楽も恐るべき運動神経で銃弾を回避しつつ、大きく宙に飛び上がる。そのまま、また子へと飛びかかるつもりらしい。

「かかったっ！　空中なら自由もきくまいっ！」

また子の二丁拳銃が、神楽に向かって火を噴いた。

神楽は当然避けようもなく、その上半身が大きく仰け反ってしまう。また子は「殺った」とばかりにほくそ笑んでいたのだが――。

なんと神楽は無傷だった。歯と両手の指先を器用に使って、弾丸を受け止めていたのである。

あまりに人間離れした神楽の行動に、また子は「なっ!?」と目を剝いた。

「私を殺ろうなんざ百年早いネ！　小娘ェェェェェ!!」

落下の勢いのまま、また子を押し倒し、神楽が拳を振りかぶる。

これで勝負あった――、新八が思ったそのとき、不意に頭上から轟音が鳴り響いた。

見上げてみれば、船室の天井が崩落している。いったい何が起こったというのだろう。

そこから落下してきたものを見て、新八と神楽は血相を変える。

「銀さんっ！」「銀ちゃん！」

そう。それは変わり果てた姿の銀時だった。身体には管状の機械の触手が幾本も巻きついている。すっかり気絶しているようだ。

触手の主は、もちろん岡田似蔵だ。しかし、その相貌はもはや大きく人間から逸脱してしまっている。両腕は完全に巨大な機械触手の集合体となり、肩から背中にかけて無機質なパイプが張り巡らされていた。身体はひと回り大きくなっており、右腕に生えた紅桜の本体も凶悪な形状のブレードに変化している。

かろうじて人型だとはわかるものの、その姿にはかつての面影はなかった。岡田は、機械仕掛けの異形となり果てていたのである。

虚ろな目をしながら、岡田だったものはコオオオ、と唸り声を上げた。

同胞であるまた子や武市ですら、この変貌には驚きを隠せなかったようだ。

「な、なんスかこりゃああ!!」

「……岡田さん？」

声をかけた武市に、岡田が振り向いた。もう仲間を認識することすらできないのだろうか、岡田は咆哮を上げ、武市に向けてその触手を勢いよく伸ばしたのである。

裏拳気味の強烈な一撃。背後の壁まで叩き飛ばされ、武市は「ぬはっ!?」と呻いた。

「いやあ、神楽ちゃんの三年後が見たかっ……」

それだけ言って、武市は白目を剥いてしまう。

また子が「先輩!?」と声を裏返らせる。

「似蔵、貴様乱心したっスかぁ!!」

しかし岡田は答えない。血走った目のまま、まっすぐにまた子へと向かってくる。

「意識が完全に紅桜に……くそぉ! イヤな予感が的中したっス!」

また子が銃を向け、岡田に向かって乱射する。

だが、今の岡田は銃弾ごときでなんとかなるような存在ではないらしい。まったく怯むこともなく触手の腕でまた子をつかみ、壁に向けて叩きつけたのだ。武市に続き、また子もあっけなく気絶してしまう。

仲間すら平気で手にかけてしまう怪物の姿に、新八は狼狽える他なかった。


「完全に紅桜に侵食されたっ! 自我さえない似蔵殿の身体は、全身これ剣と化したっ!」

屋根に開いた穴から岡田を見下ろし、村田が口を開いた。

「もはや白夜叉といえどアレは止められまい！　アレこそ、紅桜の完全なる姿！　アレこそ究極の剣っ！　ひとつの理念のもと、余分なものをすべて捨て去った者だけが手にできる力！　つまらぬことに囚われるお前たちに止められるわけがなあああああい！」

村田の叫びに、傍らの鉄子は応えない。ただ黙って眼下の光景を見つめていた。

「銀さあああん！　今、助けますっ！」

メガネの少年が、果敢に岡田の腕の触手につかみかかっている。気絶している銀時を救おうとしているのだろう。

浅はかな行為だ、と村田は思う。紅桜は史上最強の刀なのだ。ああして究極の姿に至った以上、人の力で止められるわけがない。

「……消エナイ……メザワリナ光……消エナ……」

メガネの少年を突き飛ばし、岡田が触手の左腕で銀時をつかみ上げる。右腕の刃で、確実に首を刎ねるつもりなのだ。

それを見た鉄子は、傍らに落ちていた龍の装飾の刀を拾い上げる。何をする気なのかと思えば、鉄子は穴から飛び降りざま、刀を岡田の左腕に突き刺したではないか。

「鉄子ォォ!?」村田が叫ぶ。

「死なせない！　コイツは死なせない！　これ以上その剣で、人は死なせない！」

そんな鉄子の叫びに、村田は気圧されてしまっていた。かつてこの妹が、ここまで強く自分を表現したことがあっただろうか。

岡田の右腕の刃が、左腕に乗る鉄子を襲う。

巨大な刃が鉄子を両断しようとしたその刹那、チャイナ服の少女がバク転しながら岡田の肘に蹴りを放った。その勢いで刃が天井に突き刺さり、岡田は動きを止める。

「そのもじゃもじゃを放せェェェェェ！」

メガネの少年が、雄たけびを上げながら岡田の右腕に何度も何度も刀を突き刺した。

少年だけではない。チャイナ服の少女も、そして鉄子も、銀時を救おうと奮闘している。

彼らはその小さな身体で、必死に岡田の巨軀にしがみついているのだ。

「ヌアアアアアアアアアア！」岡田が声にならない咆哮を上げた。

村田には、鉄子が命を懸けてまで自分に歯向かおうとする理由がわからなかった。

——なぜ。なぜだ、鉄子。なぜ理解しようとしない。私はこれまで紅桜にすべてを捧げてきた。他の一切、良心や節度さえ捨てて。それは私のすべてなんだ。それを失えば私に

は何も残らん……。

鉄子が岡田の身体から振り落とされた。体勢を崩し、床に倒れ伏してしまう。

岡田はどうやら、鉄子に目標を定めたらしい。天井から引き抜いた刃を振り上げ、鉄子を狙う。

「鉄子ォォォォ！」

妹の危機を目にした瞬間、村田の身体は勝手に動いていた。刀工としての立場など忘れ、ただ本能が命ずるまま、彼女のところに飛び降りたのである。

鉄子を突き飛ばし、岡田の前に立つ。

次の瞬間感じたのは、腹部を中心に広がる熱だった。こみ上げるような痛み。体内で骨が砕かれ、臓腑(ぞうふ)と交じり合った感触。これが紅桜に斬られる痛みなのか。たまらず村田は、その場に仰向(あおむ)けに倒れた。

「あ、兄者!?」

鉄子が悲痛な声を上げる。切羽詰まった表情で、倒れた村田に駆け寄ってきた。

その背後には再び、岡田の剣が迫っている。なのに鉄子は傷ついた村田の身体を抱き起こし、守ろうとしているのだ。

「兄者っ……兄者ァァァ！」

もういい。早く逃げろ——村田はそう言いたかったのだが、口から逆流する血のせいで上手く喋ることができなかった。

振り上げられた巨大な刃を見つめながら、鉄子がぎゅっと村田の身体を抱きしめる。

「ああああああああああああああ！」

そのときだった。鉄子の悲鳴に呼応するように、気絶していたはずの銀時が、かっと目を見開いたのである。

銀時はとっさに岡田の腕に刺さっていた鉄子の剣の柄を握った。その剣を引き抜きざま、自分を拘束していた触手を斬りつける。そして身体が解放されるや否や、岡田の顔面を真横に切り裂いたのだ。

岡田の顔から鮮血が迸り、その巨体が後方に弾き飛ばされる。

「銀さんっ！」メガネの少年が銀時のもとに走り寄った。

さすがに銀時も体力の限界のようだ。地面に片膝をつき、肩で息をしている。

もっとも、村田の怪我の方は限界どころの話ではない。刀傷は確実に内臓に達している。

これが致命傷だということは、自分でもわかっていた。

「兄者っ！　兄者！　しっかり！」

鉄子に身体を揺すられながら、村田は不思議な心地良さを感じていた。家族に抱きしめられるなど、もう何年振りになるだろう。鉄子の腕がこんなに細いものだったなんて、これまですっかり忘れていたことだった。

「そういう……ことか」息も切れ切れに、村田が呟く。「剣以外の余計なものは……捨ててきたつもりだった。人としてよりも……刀工として剣を作ることだけに生きたつもりだった」

鉄子を見上げ、続ける。

「だが最期(さいご)の最期で、お前だけは……捨てられなんだ。こんな生半可(なまはんか)な覚悟で究極の剣など打てるわけもなかった……」

「余計なモンなんかじゃねーよ」

銀時が刀の柄を握り、ゆっくりと立ち上がる。

「余計なモンなんてあるかよ。すべてを捧げて剣を作るためだけに生きる？　それが職人だァ？　大層なことぬかしてんじゃないよ。ただ面倒くせーだけじゃねーか」

見れば、岡田も再び戦闘態勢を取ろうとしているところのようだった。

銀時はそれをまっすぐに見据(みす)えながら、続ける。

「いろんなもん背負って、頭かかえて生きる度胸もねー奴が、職人だなんだ、カッコつけてんじゃねェ」

手にした刀の切っ先を岡田に突きつけ、銀時は言い放った。

「見とけ。てめーの言う余計なモンがどれだけの力を持ってるか……。てめーの妹が魂こめて打ちこんだ刀の切れ味、しかとその目ん玉に焼きつけなァァァ！」

岡田が叫び声を上げ、一直線に銀時に向かってくる。岡田の両腕——機械(からくり)触手も、巨大なブレードも、目の前の男を叩き潰すために、ビキビキと唸りを上げているようだった。

鉄子も万事屋の子供たちも、不安げな様子だ。

「銀さん！　無理だ！　紅桜と正面からやり合うなんて！」

「銀ちゃーん！」

それでも銀時は、真っ向から岡田に立ち向かう。

高速で振り下ろされる岡田の紅桜。そして、それを上回る速度で振るわれる銀時の刀。

村田兄妹の生み出した二本の剣は今、激しい音を立ててぶつかり合う。

かつて村田は若い頃、妹に尋ねたことがあった。父親との鍛冶修業の合間のことだ。

「鉄子、お前はどんな剣が打ちたいんだ」

「……護(まも)る剣」

「なにィ!?　声が小さい！」

「人を……護る剣」

幼かった鉄子は、確かにそんなことを言っていた。どうして自分は今になって、そんなことを思い出したのだろうか。村田にはまるでわからなかった。


打ち合いの衝撃に耐えられなかったのだろう。鉄子の打った刀は真っ二つに折れ、その剣先は回転しながら明後日(あさって)の方向へと飛んでいった。

だが、それは紅桜も同じだったようだ。巨大な刀身に次々と亀裂が入り、砕け散る。岡田の両腕や背中に融合していた機械(からくり)触手も、ばらばらに崩れていくのが見て取れた。

岡田の身体が崩壊する。皮膚も髪の毛も筋肉もすべて、肉体を構成していたパーツはあますところなく粒子となって宙に散っていく。それはさながら、紅(べに)に染まった桜吹雪のように美しく、そして儚(はかな)い光景だった。

鉄子の剣は、立派にあの万事屋を護りきったのである。

「護るための剣か……。お前らしいな、鉄子……。どうやら私は……まだ打ち方が足りなかったらしい」

薄れる意識の中で、村田は呟いた。

視界には、大粒の涙を流す鉄子の顔。これが兄妹で交わす最期の言葉になることを自覚しているのだろう。

残された力を振り絞り、村田は妹の手を握る。

「鉄子……いい鍛冶屋に……な……」

「……聞こえないよ」鉄子が嗚咽を漏らした。「いつもみたいに大きな声で言ってくれないと……聞こえないよ」


甲板の上での戦闘は、だいぶ沈静化しつつあった。高杉配下の攘夷浪士たちは、そのほとんどが真選組の手で捕らえられているようだった。

「高杉。俺はお前が嫌いだ。昔も今もな」

　桂が高杉の背を見つめ、続ける。

「だが、仲間だと思っている。昔も今もだ。いつから違った、俺たちの道は」

「何を言ってやがる」

　高杉がふっと笑みを浮かべる。懐から取り出したのは、刀傷のついた教本だ。

「確かに俺たちは始まりこそ同じ場所だったかもしれねェ。だが、あの頃から俺たちは同じ場所など見ちゃいめー。どいつもこいつも好き勝手。てんでバラバラの方角を見て生きてたじゃねーか」

　そうだ。それが松陽先生の教えでもあった。何にも縛られず、己の魂と大切なものを守れとあのひとは言っていた。

「あの頃と俺は何も変わっちゃいねー」高杉が鼻を鳴らした。

「今のお前は、抜いた刃を鞘に納める機を失い、ただいたずらに破壊を楽しむ獣にしか見えん。この国が気に入らぬなら壊せばいい。だが江戸に住む人々ごと破壊しかねん貴様のやり方は、黙って見てられん……！」

「俺の見ているモンは、あの頃と何も変わっちゃいねー。俺は――」

「高杉……貴様！」

桂が何かを言いかけたそのとき。首筋に冷たいものを突きつけられた感覚があった。

「なっ――!?」

「ククク。相変わらず甘いな」高杉が笑う。

振り向いてみれば、そこには地球人離れした容貌の男がふたり。天人が、桂の背中に刀と銃を向けている。

「ききき。桂の首は高く売れるぜ」

「高杉ィィ！　貴様、天人とも結託したかっ！」

桂が慟哭(どうこく)する。


再び沖田と合流した土方は、高杉を捕らえるために船内を駆け回っていた。

部下のひとりから工場区画の近くで姿を見たという報告を受け、やってきたのである。

激しい戦闘が行われていたのか、工場区画は酷い有様だった。天井は抜け、紅桜の培養(ばいよう)

槽はいくつか破壊されている。

その中央に佇むのは、見慣れた万事屋一行だ。横たわる鍛冶屋の村田を見下ろし、皆沈痛な表情を浮かべている。

「すまねえ……守ってやれなくて」

いったい何があったのだろうか。土方が尋ねようとする前に、銀時が口を開いた。

「あ、真選組の皆さん。ちょっといいですか?」

「てめェ、無事だったのか」

「あの、この船、そろそろヤバいと思うんで、こいつら連れて帰ってもらっていいですか?」

銀時が指さしたのは、新八、神楽、それに鍛冶屋の娘である。

「しかし旦那、そんな身体で……」

沖田の言う通り、万事屋の傷は深い。そもそもこの船に乗りこんできた当初から重傷だったくせに、ちょっと見ないうちに半死半生くらいの状態になっている。あの岡田の仕業だろう。どれだけの死闘を演じたというのか。

「そうですよ、銀さん」

「そうだヨ！　銀ちゃん、死んじゃうヨ！」

子供たちも不安げな表情を浮かべていたが、

「大丈夫。高杉友達(アイツ)だから。信じて。話つけてくるから」

万事屋は、土方と沖田に頭を下げた。

「な、頼むよ」

先ほど急場を救ってもらった借りもある。土方は不承不承(ふしょうぶしょう)、「わかった」と頷いた。

銀時は工場区画を抜け、甲板に出る。するとすぐ、船首のあたりに高杉の姿を見つけることができた。どういうわけか、あの男の傍にいるのは異形の異邦人——天人たちである。

「まもなく我々の船が来る。それに乗れ」天人のひとりが、高杉に向かって告げた。

「オイオイ。紅桜を捨てろってのか？」

話を聞けばどうやら、高杉は天人の連中と手を結んでいるらしい。

いまだに攘夷活動を続けているような男が、十年前に戦ったはずの連中と手を結ぶとは、

いったいどういう魂胆（こんたん）なのだろう。銀時には理解できなかった。

「天人と手ぇ組むとはな。性根（しょうね）まで腐ったか、高杉」

高杉は問いには答えない。銀時を見て「ほほう」と口元を緩める。

「その身体で岡田（ヤツ）を倒したって？」

「俺たちは天人（そいつら）を倒したくて戦ったんじゃねーのかよ」

「銀時。俺はな、てめーらが国のためだ、仲間のためだァと剣を取ったときも、そんなもん、どうでもよかったのさ」

高杉が薄笑いを浮かべながら続ける。

「考えてもみろ。その握った剣、使い方を教えてくれたのは誰だ。俺たちに武士の道、生きる術（すべ）、全部教えてくれたのは、誰だ。俺たちに生きる世界を与えてくれたのは、紛（まぎ）れもねえ、松陽先生だ」

否定はしない。それは確かにその通りだ。

「なのに……なのにこの世界は俺たちからあの人を奪った。だったら俺たちは、この世界に喧嘩（けんか）を売るしかあるめェ。俺たちから先生（あのひと）を奪ったこの世界を、ブッ潰すしかあるめェよ……」

十年前と何も変わらないまっすぐな視線で、高杉はそう言った。

この男にとって、かつての攘夷戦争はまだ終わっていないのだろう。あのときのまま、ただ先生を奪われた復讐をするために、剣を握り続ける。

とにかく純粋過ぎるのだ。高杉晋助という男は。

「なあ、銀時」高杉の隻眼(せきがん)が、銀時を見つめる。「お前はこの世界に何を思って生きる？ 俺たちから先生(あのひと)を奪ったこの世界を、どういうわけでのうのうと生きていける？」

旧友の疑問に対し、銀時は思ったままを口にする。

「パフェが美味(おい)しいから」

銀時の答えが予想外だったのだろうか。高杉は「クククク」と含み笑いを浮かべた。

「俺にはな、この世界にブッ潰してーものなんかなんにもねー。俺には……守りてえものが出来過ぎた」

銀時がそう呟いた瞬間、ドォン！ と激しい音が後方から響いた。

振り向いてみれば、工場区画の屋根が吹き飛び、轟々(ごうごう)と火の手が上がっている。

船上の者たちは皆、その爆発に気を取られていた。桂を連行しようとしていたふたりの天人も例外ではない。

その隙をつき、桂は腰の刀で天人たちを斬りつける。

桂が冷静なのは当然だった。そもそもこの爆発は、あらかじめ自分で仕掛けていた爆弾によるものなのである。しょせん金目当ての天人ごときに、〝狂乱の貴公子〟を捕らえることはできないのだ。

「高杉ィィ！」

桂は走る。かつての旧友たちを救うために。

相対する銀時と高杉の前に、高杉の配下の幹部たちがやってきた。

間一髪で工場区画の爆発から逃れることができたのだろう。また子と武市が、ボロボロの身体を引きずるようにして現れる。

「どかんかァァ！　くたばり損ない！　蜂の巣にしてくれるっスよ！」

また子が高杉を庇うように立ち、銀時に銃を向ける。

「晋助殿、行きましょう」武市も、高杉に手を差し伸べた。

しかし高杉は、そんな彼らを「どけ」と払いのける。

「晋助様……」

「いつかはやらねーといけねえ相手だ」

高杉が腰の刀を抜く。

同時に銀時も、甲板に刺さっていた刀を抜き、構える。

激突はすぐに起こった。銀時と高杉、互いの剣が何度もぶつかり合い、一進一退の互角の勝負が続く。

互いに一言も言葉を交わすことはなかった。そもそも、その必要はないのだろう。侍にとってはこれこそが対話であり、魂のぶつかり合いなのだから。

銀時の刀がへし折れ、高杉も刀を弾き飛ばされる。しかしそうなっても、ふたりの戦いは止まらなかった。拳を固めての殴り合いが始まっただけである。

頭を殴り、顔を殴り、腹を殴り――それはもはや、泥臭い子供の喧嘩だった。自分を貫くために相手を倒す。お互い、そんな単純なことしか頭にないのだろう。

「銀時っ！」桂の声が響いた。

高杉の眉が、ぴくりと動く。どうして桂がここにいるのか、疑問に思ったのだろう。一瞬、声の方に目を向けてしまう。

高杉にとっては、それが命取りになった。銀時に背後を取られて羽交い締めにされ、そのまま投げ技に持ちこまれてしまったのである。

「うおおおおりゃあああああ！」

強烈なバックドロップが決まった。高杉はしたたかに頭を打ちつけ、起き上がることができなくなってしまう。苦悶の表情を浮かべていた。

銀時は、無意識のうちに傍に落ちていた刀を拾い上げる。先ほど高杉が落とした刀だ。

「坂田ァァァ！」また子が叫び、銀時に銃口を向けた。

しかし高杉は、そんなまた子を「手ェ出すんじゃねえ！」と一喝する。

そして再び銀時に視線を送り、

「さて、お前に俺が殺せるかな」そう言って、薄い笑みを浮かべる。

銀時の脳裏に浮かんでいたのは、この男と桂、そして松陽先生と過ごした日々のことだ。幼い頃、一緒にカブトムシ捕りをして遊んだあの日――。

大人になったからといって、あの日に戻れないわけじゃない。つい先日だって、真選組の連中と似たようなことをしてはしゃいでいたのだから。

そんなことを考えていると、このまま刀を振り下ろすのもなんだか馬鹿らしく思えてきてしまう。

そうこうしているうちに、背後で再び爆発が起こった。今度は至近距離だ。爆風のせいで、銀時はかなりの距離を吹き飛ばされてしまう。

顔を上げて見れば、高杉が銀時を見下ろしていた。爆発の合間に、すっかり体勢を立て直していたらしい。

「ふふ。相変わらず甘(あめ)ェな」

銀時もまた、舌打ち交じりに立ち上がる。「糖分の取り過ぎかな」

高杉たちが船の縁(ふち)から他の船に飛び移るのが見えた。天人の船で脱出するつもりだろう。

こうなればもう、捕まえることは無理そうだ。

そうしている間にも、近くではどかんどかんと爆発が巻き起こっている。

これ本格的にヤバイんじゃないの、と銀時が顔をしかめていると、桂が近くに駆け寄ってきた。

「銀時！　俺が工場に仕掛けておいた爆弾だ！　この爆発は船が粉々になるまで続く！」

「先に言ってよぉ」

これだから過激派攘夷浪士（テロリスト）は始末に負えない。

しかし、驚くのはまだ早かった。桂は銀時の手をつかむと、そのまま船の縁からダイブしたのである。

「うおおおおおおお!?　アララララララ!?」

突然のノーロープバンジー。心の準備ができないまま虚空（こくう）に投げ出され、銀時は悲鳴を上げる。

「きゃあああああああああああ!?」

しかし、桂はしっかりと脱出の準備を整えていたらしい。どこからともなくエリザベスが降りてきて、桂の近くでパラシュートを開いたのだ。どうやら本物のエリザベスも、いつの間にか船内に潜入していたようだ。さすが神出鬼没の宇宙生物である。

パラシュート（なぜかエリザベス柄）を開いたエリザベスの足に桂がしがみつき、その桂に銀時がしがみつく。どうやらとりあえず、これで墜落死は免れそうだ。

銀時は顔を引き攣らせながら、

「用意周到なこって。お前らルパン一味か」

「ダテに今まで真選組の追跡を躱してきたわけではない」

呟きながら、桂が懐から古い本を取り出した。松陽先生からもらった教本だ。

「しかし……まさか奴もまだコイツを持っていたとはな」

爆炎に染まる頭上の船を見上げながら、桂がため息をつく。

「始まりはみんな一緒だった。なのに……随分と遠くまで離れてしまったものだな」

高杉たちは、無事に天人の船に乗り移ったのだろう。最新鋭の宇宙船が、轟音と共に空の向こうに消えていくのが見える。

次に連中と会うときは、どんな形になるのか——。命のやり取りなど、できればもう御免こうむりたい。呑気にカブトムシ捕りでもできれば、それはそれでいいのだ。過去に囚われたまま生きるなんて、馬鹿馬鹿しいことなのだから。

松陽先生の教本を示しながら、桂が尋ねた。

「銀時。お前も覚えているか、コイツを」

「ああ……ラーメンこぼして捨てた」

パラシュートから見下ろす眼下には、江戸の町が広がっている。

銀時が今を生きる、江戸の町が。

志村妙(しむらたえ)は、『万事屋銀ちゃん』の軒先(のきさき)で、彼らの帰りを待っていた。

傍らでは定春が、「くぅん」と心配そうな鳴き声を上げている。テロリストの船が海上に落下したニュースを聞いて、この子もきっと不安なのだろう。

でもあのひとならきっと帰ってくる。これまでだって、いつもそうだったんだから――。

そう思ってじっとかぶき町の往来を見つめていると、

「姉上！」聞きなれた声が響いた。

新八、神楽、そして銀時――万事屋の三人が、互いに肩を貸し合うようにしてこちらにやってくるのが見えた。

「お帰り！」

銀時の手には、お妙が貸したお気に入りの傘が握られている。それを見てお妙は、ふっと頬を緩めてしまう。

バカだけど、こういうところは義理堅いのだ。坂田銀時という男は。

原作：「銀魂」空知英秋
（集英社「週刊少年ジャンプ」連載）

脚本／監督：福田雄一
音楽：瀬川英史
主題歌：UVERworld“DECIDED”(Sony Music Records)
製作：高橋雅美　木下暢起　太田哲夫　宮河恭夫　吉崎圭一　岩上敦宏
垰義孝　青井浩　荒波修　渡辺万由美　本田晋一郎
エグゼクティブプロデューサー：小岩井宏悦
プロデューサー：松橋真三　稗田晋
アソシエイトプロデューサー：平野宏治　三條場一正
企画協力（週刊少年ジャンプ編集部）：瓶子吉久　大西恒平　真鍋廉
撮影：工藤哲也　鈴木靖之
照明：藤田貴路
録音：芦原邦雄
美術監督：池谷仙克
アクション監督：Chang Jae Wook
スケジューラー：桜井智弘
助監督：井手上拓哉
衣裳デザイン：澤田石和寛
ヘアメイク：宮内宏明
スクリプター：山内薫
VFX：小林真吾
ポスプロプロデューサー：鈴木仁行
編集：栗谷川純
カラリスト：酒井伸太郎
整音：スズキマサヒロ
選曲：小西善行
制作担当：加藤誠
ラインプロデューサー：鈴木大造
製作：映画「銀魂」製作委員会
制作プロダクション：プラスディー
配給：ワーナー・ブラザース映画

キャスト

小栗旬……………………………坂田銀時
菅田将暉…………………………志村新八
橋本環奈…………………………神楽
柳楽優弥…………………………土方十四郎
新井浩文…………………………岡田似蔵
吉沢亮……………………………沖田総悟
早見あかり………………………村田鉄子
ムロツヨシ………………………平賀源外
長澤まさみ………………………志村妙
岡田将生…………………………桂小太郎
佐藤二朗…………………………武市変平太
菜々緒……………………………来島また子
安田顕……………………………村田鉄矢
中村勘九郎………………………近藤勲
堂本剛……………………………高杉晋助

■初出
映画 銀魂　書き下ろし

この作品は、2017年7月公開（配給／ワーナー・ブラザース映画）の
映画『銀魂』（脚本／監督　福田雄一）をノベライズしたものです。

映画ノベライズ 銀魂

2017年7月19日　第1刷発行

原　　作／空知英秋
脚　　本／福田雄一
小　　説／田中 創
編　　集／株式会社　集英社インターナショナル
〒101-8050 東京都千代田区一ツ橋2-5-10
TEL 03-5211-2632(代)
装　　丁／渡部夕美［テラエンジン］
編集協力／藤原直人［STICK-OUT］
編 集 人／島田久央
発 行 者／鈴木晴彦
発 行 所／株式会社 集英社
〒101-8050 東京都千代田区一ツ橋2-5-10
TEL【編集部】 03-3230-6297
【読者係】 03-3230-6080
【販売部】 03-3230-6393（書店専用）
印 刷 所／凸版印刷株式会社

Printed in Japan

ISBN978-4-08-703422-6 C0093

検印廃止

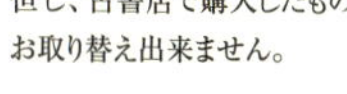

JUMP j BOOKS

http://j-books.shueisha.co.jp/

本書のご意見・ご感想はこちらまで!

http://j-books.shueisha.co.jp/enquete/